NARRACIONES

CASTALIA**PRIMA**

DIRECTOR
FERNANDO CARRATALÁ

PEDRO ANTONIO DE
ALARCÓN

EL CLAVO

Y OTRAS NARRACIONES

Edición a cargo de
TOMÁS RODRÍGUEZ SÁNCHEZ

CastaliaPrima

Zurbano, 39
28010 Madrid
Tel.: 91 319 58 57
Fax: 91 310 24 42

www.castalia.es

Ilustración de cubierta:
Eugéne Delacroix: *La Libertad guiando al pueblo*
(1830, detalle)
El Louvre, París.

Impreso en España / Printed in Spain

ISBN: 84-9740-167-0
Depósito Legal: M.44241-2005

Índice

Presentación

EL AUTOR

Pedro Antonio de Alarcón y Ariza nació en Guadix (Granada) en 1833. Hijo de una familia hidalga, venida a menos tras los avatares de la Guerra de la Independencia, es el cuarto de once hermanos.

Realizó los estudios primarios en su ciudad natal y, a los catorce años, se traslada a Granada para cursar la carrera de Derecho. Sin embargo, por razones económicas, se ve obligado a abandonar tal pretensión y, en 1848, ingresa en el Seminario Diocesano de Guadix para cursar la carrera eclesiástica. Durante cinco cursos, hasta 1853, se entrega al aprendizaje de las materias que configuran los estudios de la época. Alarcón, ya en estos años, empieza a darse a conocer en el campo de la creación literaria, sobre todo como autor de pequeñas piezas dramáticas que son estrenadas con éxito en su ciudad por compañías de aficionados.

Abandona la vida religiosa y, en colaboración con su amigo Torcuato Tárrega, promueve la fundación del semanario *El Eco de Occidente,* que se edita en Cádiz. En esta publicación aparecen sus primeros relatos. Tras una corta estancia en Cádiz, el joven escritor se traslada a Madrid impulsado por un desbordante anhelo de triunfo. Sus ambiciones se frustran y el inquieto guadijeño regresa a su ciudad natal para recalar a continuación en Granada. Allí resucita de nuevo la publicación de *El Eco de Occidente.*

En la capital nazarí, Alarcón entra en contacto con una serie de escritores que viven con intensidad la peripecia literaria. Forma un grupo conocido como la «Cuerda granadina», en el que se integran autores de renombre, como Fernández y González, Manuel del Palacio, Ronconi, Moreno Nieto y otros. Constituían el foco de mayor actividad cultural en Granada y algunos, como Alarcón, alimentaban un deseo exacerbado de cambio y revolución.

Cuando en 1854 estalla en Madrid la «Vicalvarada», sublevación progresista encabezada por el general Espartero, Alarcón en su ciudad se pone al frente de los revolucionarios, que, tras apoderarse de un depósito de armas, ocupan el Ayuntamiento y la Capitanía General. Al mismo tiempo, este grupo progresista funda un periódico, *La Redención,* desde cuyas páginas se ataca a los conservadores y al clero.

Extinguidas las llamaradas de la revuelta, Alarcón se traslada de nuevo a Madrid, donde es bien recibido y se le ofrece la dirección del periódico *El Látigo,* satírico y antimonárquico. Los ataques y pullas contra el clero y la reina debieron de alcanzar altos grados de fogosidad ya que, al poco tiempo, el joven escritor granadino se vio envuelto en un duelo de honor frente a un periodista conservador, el venezolano Heriberto García de Quesada. Celebrado el lance, García de Quesada, hábil tirador, perdonó la vida a su rival descargando la pistola al aire tras fallar su disparo el guadijeño. Este hecho marcó un cambio radical en la vida y la obra de Alarcón. Un retiro provisional en Segovia, que sirvió para ordenar sus ideas y reflexionar, lo devolvió a la capital de España desengañado y transformado. Publica su primera novela *El final de Norma* y estrena una obra teatral, *El hijo pródigo,* que no cosechó el éxito esperado por el autor.

to en 1853, ocupa el cuarto lugar en su obra *Cuentos amatorios*, primera de las series de narraciones cortas que publicó. La historia que se relata, según el autor, está tomada de «una causa célebre que me refirió cierto magistrado granadino cuando yo era muchacho». Pero la crítica ha encontrado una fuente de origen francés de la que nace el entramado de este relato amoroso-policiaco, que, por otra parte, presenta evidentes rasgos románticos: misterio, heroína romántica, presencia del sino, etc. Está escrito con soltura, la intriga se mantiene de manera hábilmente hilvanada a lo largo de dieciocho capítulos y los elementos de ficción, presididos por una casualidad desmesurada, apenas se contienen dentro de los límites de la verosimilitud. Los elementos melodramáticos o el afán moralizante no invalidan la valoración positiva de la pieza, en general.

EL CAPITÁN VENENO, de 1881, es una novela corta orientada a reverdecer los éxitos de *El sombrero de tres picos*. Con la presencia de claras reminiscencias románticas, desarrolla un tema de hondas raíces literarias: el «varón domado», en este caso, semejante al de la «fierecilla domada». La pieza presenta altibajos, a su falta de una elaboración reposada se añade la ausencia de propuestas renovadoras; sin embargo se le reconoce el mérito de ser una novela bien estructurada, entretenida, irónica, que atrapa el interés del lector.

En la *Historia de mis libros*, Alarcón explica, en un alarde de su facilidad creativa, que escribió la obra en «ocho días», por instigación de Tamayo y Baus, a quién está dedicada. Se publicó inicialmente en la *Revista Hispanoamericana*, en los números correspondientes a las fechas 16 de agosto, 1 y 16 de septiembre y 1 de octubre del año 1881.

La publicación de esta novelita, a pesar de sus carencias, supuso para el autor un nuevo éxito popular, basado acaso en la gracia caricaturesca, la sencillez y el lenguaje familiar de la exposición. Sin embargo, la crítica ignoró su aparición debido a los planteamientos marchitos y a la visión trasnochada de personajes y situaciones. En el momento de la publicación la novelística española ya había emprendido nuevas vías de indagación de la realidad y los presupuestos que se aplicaban a la narrativa nada tenían que ver con las idealizaciones románticas, el sentimentalismo y la pretensión de entretener y divertir.

EL EXTRANJERO desarrolla un tema con fondo histórico, relacionado con la Guerra de la Independencia. Al autor le llegaron muy vivos los recuerdos y comentarios de la invasión francesa y en diversas obras (*El carbonero alcalde, El afrancesado,* etc.) se hace eco de sucesos y anécdotas referidos a la contienda que abrió una ancha herida en el sentimiento de los españoles de la época y de los años posteriores a los hechos.

En esta ocasión, el escritor granadino renuncia a los impulsos patrióticos, evidentes en otros relatos suyos, y expone una historia de hondo contenido humanitario y moral. La denuncia de la crueldad, del ensañamiento, de la falta de clemencia, salpica aquí a combatientes españoles, revelando de este modo el horror y la injusticia de la guerra, que permite que afloren los peores instintos del ser humano. En la intención del autor aparece claro un afán didáctico y moralizador, cuyo mensaje se centra en el respeto al enemigo y el amor al prójimo.

El cuento pertenece a la segunda serie de narraciones cortas, titulada *Historietas nacionales,* serie que incluye algunos de los relatos más populares de Alarcón. El texto aparece fechado en Almería, en 1854, y se publicó inicialmente con el título *Iwa,* en Granada, en *El Eco de Occidente*. Más tarde apareció en *El Museo Universal,* con el título de *El extranjero.*

EL LIBRO TALONARIO. Precedida por una primera parte descriptiva, la narración, en la que se detecta la huella del ingenio de corte cervantino, tal y como se aprecia en las graciosas situaciones de Sancho Panza en su cargo de gobernador de la ínsula Barataria, ofrece un cuadro delicioso, pleno de humor y frescura, en el que no faltan los apuntes costumbristas.

Alarcón califica este relato como «historieta rural» y lo incluye en el bloque de sus *Historietas nacionales.* Aparece fechado en noviembre de 1877; resulta, pues, más tardío que los cuentos anteriores. Posiblemente fue dado a conocer por vez primera en la revista *Época,* el 28 de octubre de 1878; esa es, al menos, la fecha de publicación más temprana que conocemos.

Aunque este texto no ha sido muy estudiado ni difundido, a pesar de las ponderaciones que de él hace doña Emilia Pardo Bazán, pensamos que, por su agudeza, atractivo y originalidad, se ofrece como una excelente opción para la lectura y el estudio.

Retrato en *Alarcón,* estudio biográfico
de Emilia Pardo Bazán.
Debajo: firma autógrafa.

EL CLAVO

Y OTRAS NARRACIONES

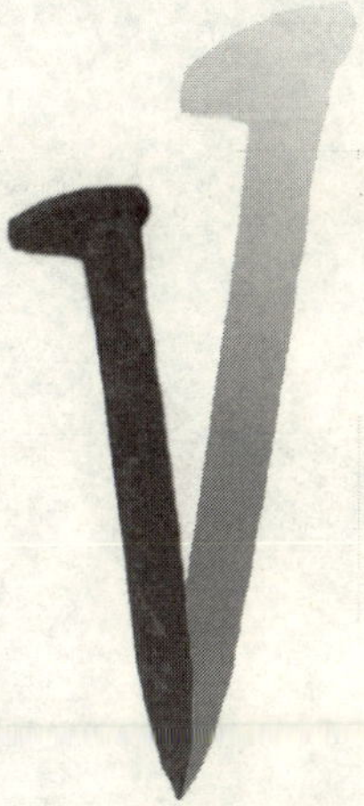

«Y ¡qué contactos! Los enemigos, los rivales, los esposos, los padres y sus hijos, están allí, no sólo juntos, sino revueltos, mezclados por pedazos, como trillada mies como rota paja...»

VI. El cuerpo del delito [pág. 48]

Ferdinand Keller: *La tumba de Böcklin* (1901-1902, fragmento). Staatliche Kunsthalle, Carlsruhe.

Página siguiente: Francesco Hayez: *Acusación secreta* (1848, fragmento). Civica Pinacoteca Malaspina, Pavía.

EL CLAVO

CAUSA CÉLEBRE

Publicidad del momento del estreno (1944) de la adaptación cinematográfica de *El clavo* realizada por Rafael Gil para Cifesa, con las actuaciones de Amparo Rivelles, Rafael Durán, Milagros Leal, José Lado y Joaquín Roa.

PRÓLOGO

Felipe encendió un cigarro, y habló de esta manera:

FIN DEL PRÓLOGO

«Con tan amargos recelos ponía yo el pie en el estribo de la berlina de la diligencia de Granada a Málaga»

I. El número 1 [pág. 22]

Deroy: *Málaga. Vista tomada desde el fuerte de Gibralfaro.* En *Ports de mer d'Europe –Espagne* (mediados del s. XIX). L. Turgis, París.
Delante: Berlina (h.1870). Museo del Ejército, Madrid.

I

EL NÚMERO 1

Lo que más ardientemente desea todo el que pone el pie en el estribo de una diligencia para emprender un largo viaje es que los compañeros de *departamento* que le toquen en suerte sean de amena conversación y tengan sus mismos gustos, sus mismos vicios, pocas impertinencias, buena educación y una franqueza que no raye en familiaridad.

Porque, como ya han dicho y demostrado Larra, Kock, Soulié[1] y otros escritores de costumbres, es asunto muy serio esa improvisada e íntima reunión de dos o más personas que nunca se han visto ni quizás han de volver a verse sobre la tierra, y destinadas, sin embargo, por un capricho del azar, a codearse dos o tres días, a almorzar, comer y cenar juntas, a dormir una encima de

[1] *Mariano José de Larra* (1809-1837). Periodista y escritor romántico español, autor de famosos artículos costumbristas. *Charles Paul de Kock* (1793-1871). Novelista francés. *Frédéric Soulié* (1800-1847). Novelista francés, bastante leído en España.

otra, a manifestarse, en fin, recíprocamente con ese abandono y confianza que no concedemos ni aun a nuestros mayores amigos; esto es, con los hábitos y flaquezas de *casa* y de familia.

Al abrir la portezuela acuden tumultuosos temores a la imaginación. Una vieja con asma, un fumador de mal tabaco, una fea que no tolere el humo del bueno, una nodriza que se maree de ir en carruaje, angelitos que lloren y demás, un hombre grave que ronque, una venerable matrona que ocupe asiento y medio, un inglés que no hable el español (supongo que vosotros no habláis el inglés), tales son, entre otros, los tipos que teméis encontrar.

Alguna vez acariciáis la dulce esperanza de hallaros con una hermosa compañera de viaje: por ejemplo, con una viudita de veinte a treinta años (y aun de treinta y seis) con quien sobrellevar a medias las molestias del camino; pero no bien os ha sonreído esta idea, cuando os apresuráis a desecharla melancólicamente, considerando que tal ventura sería demasiada para un simple mortal en este valle de lágrimas y despropósitos.

Con tan amargos recelos ponía yo el pie en el estribo de la berlina[2] de la diligencia de Granada a Málaga, a las once menos cinco minutos de una noche del otoño de 1841; noche oscura y tempestuosa, por más señas.

Al penetrar en el coche, con el billete *número* 2 en el bolsillo, mi primer pensamiento fue saludar a aquel incógnito *número 1* que me traía inquieto antes de serme conocido.

Es de advertir que el tercer asiento de la berlina no estaba tomado, según confesión del mayoral en jefe.

[2] *berlina:* antiguo coche de caballos, con dos o cuatro asientos.

—¡Buenas noches! —dije, no bien me senté, enfilando la voz hacia el rincón en que suponía a mi compañero de jaula.

Un silencio tan profundo como la oscuridad reinante siguió a mis *buenas noches*.

—¡Diantre! —pensé—. ¿Si será sordo..., o sorda, mi epiceno[3] cofrade?

Y alzando más la voz, repetí:

—¡Buenas noches!

Igual silencio sucedió a mi segunda salutación.

—¿Si será mudo? —me dije entonces.

A todo esto, la diligencia había echado a andar, digo, a correr, arrastrada por diez briosos caballos.

Mi perplejidad subía de punto.

—¿Con quién iba? ¿Con un varón? ¿Con una hembra? ¿Con una vieja? ¿Con una joven? ¿Quién, quién era aquel silencioso *número 1?*

Y, fuera quien fuese, ¿por qué callaba? ¿Por qué no respondía a mi saludo? ¿Estaría ebrio? ¿Se habría dormido? ¿Se habría muerto? ¿Sería un ladrón?...

Era cosa de encender luz. Pero yo no fumaba entonces, y no tenía fósforos.

¿Qué hacer?

Por aquí iba en mis reflexiones, cuando se me ocurrió apelar al sentido del tacto, pues que tan ineficaces eran el de la vista y el del oído...

Con más tiento, pues, que emplea un pobre diablo para robarnos el pañuelo en la Puerta del Sol, extendí la mano derecha hacia aquel ángulo del coche.

[3] *epiceno:* adjetivo aplicado a un nombre que designa a un animal tanto macho como hembra.

Mi dorado deseo era tropezar con una falda de seda, o de lana, y aun de percal...

Avancé, pues...

—¡Nada!

Avancé más: extendí todo el brazo...

¡Nada!

Avancé de nuevo; palpé con entera resolución en un lado, en otro, en los cuatro rincones, debajo de los asientos, en las correas del techo...

¡Nada..., nada!

En este momento brilló un relámpago (ya he dicho que había tempestad), y a su luz sulfúrea vi... ¡que iba completamente solo!

Solté una carcajada, burlándome de mí mismo, y precisamente en aquel instante se detuvo la diligencia.

Estábamos en el primer relevo.

Ya me disponía a preguntarle al mayoral por el viajero que faltaba, cuando se abrió la portezuela, y, a la luz de un farol que llevaba el zagal, vi... ¡Me pareció un sueño lo que vi!

Vi poner el pie en el estribo de la berlina (¡de mi departamento!) a una hermosísima mujer, joven, elegante, pálida, sola, vestida de luto...

Era el *número 1;* era mi antes epiceno compañero de viaje; era la viuda de mis esperanzas; era la realización del sueño que apenas había osado conceder; era el *non plus ultra*[4] de mis ilusiones de viajero... ¡Era *ella!*

Quiero decir: había de ser *ella* con el tiempo.

[4] *non plus ultra* (locución latina): no más allá.

II

ESCARAMUZAS

Luego que hube dado la mano a la desconocida para ayudarla a subir, y que ella tomó asiento a mi lado, murmurando un «*Gracias... Buenas noches...*» que me llegó al corazón, ocurrióseme esta idea tristísima y desgarradora:

—¡De aquí a Málaga sólo hay diez y ocho leguas![5] ¡Que no fuéramos a la península de Kamtchatka![6]

Entre tanto, se cerró la portezuela y quedamos a oscuras.

Esto significaba *¡no verla!*

Yo pedía relámpagos al cielo, como el Alfonso Munio de la señora Avellaneda[7] cuando dice:

¡Horrible tempestad, mándame un rayo!

[5] *leguas:* medida de longitud equivalente a 5.572,7 m. [6] *Kamtchatka:* Península de Siberia, situada en la parte oriental de Rusia. [7] *Avellaneda:* Gertrudis Gómez de Avellaneda (1816-1873). Escritora cubana autora de poemas, novelas y piezas teatrales. Entre estas últimas figura el drama *Alfonso Munio* (1844).

Pero, ¡oh, dolor!, la tormenta se retiraba ya hacia el Mediodía.

Y no era lo peor *no verla,* sino que el aire severo y triste de la gentil señora me había impuesto de tal modo, que no me atrevía a cosa ninguna...

Sin embargo, pasados algunos minutos, le hice aquellas primeras preguntas y observaciones *de cajón,*[8] que establecen poco a poco cierta intimidad entre los viajeros:

—¿Va usted bien?

—¿Se dirige usted a Málaga?

—¿Le ha gustado a usted la Alhambra?

—¿Viene usted de Granada?

—¡Está la noche húmeda!

A lo que respondió ella:

—Gracias.

—Sí.

—No, señor.

—¡Oh!

—¡Pchis!

Seguramente, mi compañera de viaje tenía poca gana de conversación.

Dediquéme, pues, a coordinar mejores preguntas, y, viendo que no se me ocurrían, me puse a reflexionar.

¿Por qué había subido aquella mujer en el primer relevo de tiro, y no desde Granada?

¿Por qué iba sola?

¿Era casada?

¿Era viuda?

¿Era...?

[8] *de cajón:* evidentes, fuera de toda duda.

¿Y su tristeza? *Qua de causa?*[9]

Sin ser indiscreto no podía hallar la solución de estas cuestiones, y la viajera me gustaba demasiado para que yo corriese el riesgo de parecerle un hombre vulgar dirigiéndole necias preguntas.

¡Cómo deseaba que amaneciera!

De día se habla con justificada libertad... mientras que la conversación a oscuras tiene algo de tacto, va derecha al bulto, es un abuso de confianza...

La desconocida no durmió en toda la noche, según deduje de su respiración y de los suspiros que lanzaba de vez en cuando...

Creo inútil decir que yo tampoco pude coger el sueño.

—¿Está usted indispuesta? —le pregunté una de las veces que se quejó.

—No, señor; gracias. Ruego a usted que se duerma descuidado... —respondió con seria afabilidad.

—¡Dormirme! —exclamé.

Luego añadí:

—Creí que padecía usted...

—¡Oh!, no..., no padezco —murmuró blandamente, pero con un acento en que llegué a percibir cierta amargura.

El resto de la noche no dio de sí más que breves diálogos como el anterior.

Amaneció, al fin...

¡Qué hermosa era!

Pero, ¡qué sello de dolor sobre su frente! ¡Qué lúgubre oscuridad en sus bellos ojos! ¡Qué trágica expresión

[9] *Qua de causa* (expresión latina): ¿Por qué causa?

en todo su semblante! Algo muy triste había en el fondo de su alma.

Y, sin embargo, no era una de aquellas mujeres excepcionales, extravagantes, de corte romántico, que viven fuera del mundo devorando algún pesar o representando alguna tragedia...

Era una mujer a la moda, una elegante mujer, de porte distinguido, cuya menor palabra dejaba traslucir una de esas reinas de la conversación y del buen gusto, que tienen por trono una butaca de su gabinete, una carretela en el Prado[10] o un palco en la Ópera; pero que callan fuera de su elemento, o sea fuera del círculo de sus iguales.

Con la llegada del día se alegró algo la encantadora viajera, y ya consistiese en que mi circunspección de toda la noche y la gravedad de mi fisonomía le inspirasen buena idea de mi persona, ya en que quisiera recompensar al hombre a quien no había dejado dormir, fue el caso que inició a su vez las cuestiones de ordenanza:

—¿Dónde va usted?

—¡Va a hacer un buen día!

—¡Qué hermoso paisaje!

A lo que yo contesté más extensamente que ella me había contestado a mí.

Almorzamos en Colmenar.[11]

Los viajeros del *interior* y de la *rotonda*[12] eran personas poco tratables.

[10] *carretela en el Prado:* un carruaje en el paseo del Prado, de Madrid.
[11] *Colmenar:* población de la provincia de Málaga, a 29 km de la capital.
[12] *rotonda:* departamento último de una diligencia.

Mi compañera se redujo a hablar conmigo.

Excusado es decir que yo estuve enteramente consagrado a ella y que la atendí en la mesa como a una persona real.

De vuelta en el coche, nos tratábamos ya con alguna confianza.

En la mesa habíamos hablado de Madrid, y hablar bien de Madrid a una madrileña que se halla lejos de la corte, es la mejor de las recomendaciones.

¡Porque nada es tan seductor como Madrid perdido!

—¡Ahora o nunca, Felipe! —me dije entonces—. Quedan ocho leguas... Abordemos la cuestión amorosa.

III

CATÁSTROFE

¡Desventurado! No bien dije una palabra galante a la beldad, conocí que había puesto el dedo sobre una herida...

En el momento perdí todo lo que había ganado en su opinión.

Así me lo dijo una mirada indefinible que cortó la voz de mis labios.

—Gracias, señor, gracias —me dijo luego, al ver que cambiaba de conversación.

—¿He enojado a usted, señora?

—Sí; el amor me horroriza. ¡Qué triste es inspirar lo que se siente! ¿Qué haría yo para no agradar a nadie?

—¡Algo es menester que usted haga, si no se complace en el daño ajeno!... —repuse muy seriamente—. La prueba es que aquí me tiene pesaroso de haberla conocido... ¡Ya que no feliz, por lo menos yo vivía ayer en paz... y ya soy desgraciado, puesto que la amo a usted sin esperanza!

—Le queda a usted una satisfacción, amigo mío... —replicó ella sonriendo.

—¿Cuál?

—Que si no acojo su amor, no es por ser suyo, sino porque es amor. Puede usted, pues, estar seguro de que ni hoy, ni mañana, ni nunca... obtendrá otro hombre la correspondencia que le niego. ¡Yo no amaré jamás a nadie!

—Pero, ¿por qué, señora?

—¡Porque el corazón no quiere, porque no puede, porque no debe luchar más! ¡Porque he amado hasta el delirio... y he sido engañada! En fin, ¡porque aborrezco el amor!

¡Magnífico discurso! Yo no estaba enamorado de aquella mujer. Inspirábame curiosidad y deseo, por lo distinguida y por lo bella; pero de esto a una pasión había todavía mucha distancia.

Así, pues, al escuchar aquellas dolorosas y terminantes palabras, dejó la contienda mi corazón de hombre y entró en ejercicio mi imaginación de artista. Quiere esto decir que comencé a hablar a la desconocida un lenguaje filosófico y moral del mejor gusto, con el que logré reconquistar su confianza, o sea que me dijese algunas otras generalidades melancólicas del género Balzac.[13]

Así llegamos a Málaga.

Era el instante más oportuno para saber el nombre de aquella singularísima señora.

[13] *Balzac:* Honorato de Balzac (1799-1850). Novelista francés, autor de obras de carácter realista (relacionadas con la vida humana y los ambientes de la realidad).

Al despedirme de ella en la Administración, le dije cómo se llamaba, la casa donde iba a parar y mis señas en Madrid.

Ella me contestó con un tono que nunca olvidaré:

—Doy a usted mil gracias por las amables atenciones que le he merecido durante el viaje, y le suplico que me dispense si le oculto mi nombre, en vez de darle uno fingido, que es con el que aparezco en la *hoja.*

—¡Ah! —respondí—. ¡Luego nunca volveremos a vernos!

—¡Nunca!..., lo cual no debe pesarle.

Dicho esto, la joven sonrió sin alegría, tendióme una mano con exquisita gracia, y murmuró:

—Pida usted a Dios por mí.

Yo estreché su mano linda y delicada, y terminé con un saludo aquella escena, que empezaba a hacerme mucho daño.

En esto llegó un elegante coche al parador.

Un lacayo con librea[14] negra avisó a la desconocida.

Subió ella al carruaje; saludóme de nuevo, y desapareció por la Puerta del Mar.[15]

* * *

Dos meses después volví a encontrarla.

Sepamos dónde.

14 *librea:* uniforme de lacayos, conserjes, etc. 15 *Puerta del Mar:* espacio urbano de Málaga.

IV

OTRO VIAJE

A las dos de la tarde del 1.° de noviembre de aquel mismo año caminaba yo sobre un mal rocín de alquiler por el arrecife que conduce a ***, villa importante y cabeza de partido de la provincia de Córdoba.

Mi criado y el equipaje iban en otro rocín mucho peor.

Dirigíame a *** con objeto de arrendar unas tierras y permanecer tres o cuatro semanas en casa del Juez de Primera Instancia, íntimo amigo mío, a quien conocí en la Universidad de Granada cuando ambos estudiábamos Jurisprudencia, y donde simpatizamos, contrajimos estrecha amistad y fuimos inseparables. Después no nos habíamos visto en siete años.

Según iba aproximándome a la población término de mi viaje, llegaba más distintamente a mis oídos el melancólico clamoreo de muchas campanas que tocaban a muerto.

Maldita la gracia que me hizo tan lúgubre coincidencia...

Sin embargo, aquel *doble*[16] no tenía nada de casual y yo debí contar con él, en atención a ser víspera del día de Difuntos.

Llegué, con todo, muy de mal humor a los brazos de mi amigo, que me aguardaba en las afueras del pueblo. Él advirtió al momento mi preocupación, y después de los primeros saludos:

—¿Qué tienes? —me dijo, dándome el brazo, en tanto que sus criados y el mío se alejaban con las cabalgaduras.

—Hombre, seré franco... —le contesté—. Nunca he merecido, ni pienso merecer, que me eleven arcos de triunfo; nunca he experimentado ese inmenso júbilo que llenará el corazón de un grande hombre en el momento que un pueblo alborozado sale a recibirlo, mientras que las campanas repican a vuelo; pero...

—¿Adónde vas a parar?

—A la segunda parte de mi discurso. Y es: que si en este pueblo no he experimentado los honores de la entrada triunfal, acabo de ser objeto de otros muy parecidos, aunque enteramente opuestos. ¡Confiesa, oh juez de palo,[17] que esos clamores funerales que solemnizan mi entrada en *** hubieran contristado al hombre más jovial del universo!

—¡Bravo, Felipe! —replicó el juez, a quien llamaremos Joaquín Zarco—. ¡Vienes muy a mi gusto! Esa melancolía cuadra perfectamente a mi tristeza...

—¡Tú triste!... ¿De cuándo acá?

[16] *doble:* toque de campanas por los difuntos. [17] *juez de palo:* juez torpe e ignorante.

Joaquín se encogió de hombros, y no sin trabajo retuvo un gemido...

Cuando dos amigos que se quieren de verdad vuelven a verse después de larga separación, parece como que resucitan todas las penas que no han llorado juntos.

Yo me hice el desentendido por el momento, y hablé a Zarco de cosas indiferentes.

En esto penetramos en su elegante casa.

—¡Diantre, amigo mío! —no pude menos de exclamar—. ¡Vives muy bien alojado!... ¡Qué orden, qué gusto en todo! ¡Necio de mí!... Ya caigo... Te habrás casado...

—No me he casado... —respondió el juez con la voz un poco turbada—. ¡No me he casado, ni me casaré nunca!...

—Que no te has casado, lo creo, supuesto que no me lo has escrito... ¡Y la cosa valía la pena de ser contada! Pero eso de que no te casarás nunca, no me parece tan fácil ni tan creíble.

—¡Pues te lo juro! —replicó Zarco solemnemente.

—¡Qué rara metamorfosis![18] —repuse yo—. Tú, tan partidario siempre del séptimo sacramento;[19] tú, que hace dos años me escribías aconsejándome que me casara, ¡salir ahora con esa novedad!... Amigo mío, ¡a ti te ha sucedido algo, y algo muy penoso!

—¿A mí? —dijo Zarco estremeciéndose.

—¡A ti! —proseguí yo—. ¡Y vas a contármelo! Tú vives aquí solo, encerrado en la grave circunspección[20]

[18] *metamorfosis:* conjunto de transformaciones o cambios. [19] *séptimo sacramento:* el sacramento del matrimonio. [20] *circunspección:* prudencia, seriedad.

que exige tu destino, sin un amigo a quien referir tus debilidades de mortal... Pues bien; cuéntamelo todo, y veamos si puedo servirte de algo.

El juez me estrechó las manos diciendo:

—Sí... sí... ¡Lo sabrás todo, amigo mío! ¡Soy muy desventurado!

Luego se serenó un poco, y añadió secamente:

—Vístete. Hoy va todo el pueblo a visitar el cementerio y parecería mal que yo faltase. Vendrás conmigo. La tarde está buena y te conviene andar a pie para descansar del trote del rocín. El cementerio se halla situado en medio de un hermoso campo, y no te disgustará el paseo. Por el camino te contaré la historia que ha acibarado[21] mi existencia, y verás si tengo o no tengo motivos para renegar de las mujeres.

Una hora después caminábamos Zarco y yo en dirección al cementerio.

Mi pobre amigo me habló de esta manera:

[21] *ha acibarado:* ha amargado, ha turbado.

V

MEMORIAS DE UN JUEZ DE PRIMERA INSTANCIA

I

Hace dos años que estando de Promotor fiscal[22] en ***, obtuve licencia para pasar un mes en Sevilla.

En la fonda en que me hospedé vivía hacía algunas semanas cierta elegante y hermosísima joven, que pasaba por viuda, cuya procedencia, así como el objeto que la retenía en Sevilla, eran un misterio para los demás huéspedes.

Su soledad, su lujo, su falta de relaciones y el aire de tristeza que la envolvía, daban pie a mil conjeturas; todo lo cual, unido a su incomparable belleza y a la inspiración y gusto con que tocaba el piano y cantaba, no tardó en despertar en mi alma una invencible inclinación hacia aquella mujer.

Sus habitaciones estaban exactamente encima de las mías; de modo que la oía cantar y tocar, ir y venir, y

[22] *Promotor fiscal:* funcionario judicial que acusaba a los delincuentes de delitos públicos, fiscal.

hasta conocía cuándo se acostaba, cuándo se levantaba y cuándo pasaba la noche en vela —cosa muy frecuente—. Aunque en lugar de comer en la mesa redonda se hacía servir en su cuarto, y no iba nunca al teatro, tuve ocasión de saludarla varias veces, ora en la escalera, ora en alguna tienda, ora de balcón a balcón, y al poco tiempo los dos estábamos seguros del placer con que nos veíamos.

Tú lo sabes. Yo era grave, aunque no triste, y esta circunspección mía cuadraba perfectamente a la retraída existencia de aquella mujer; pues ni nunca la[23] dirigí la palabra, ni procuré visitarla en su cuarto, ni la perseguí con enojosa curiosidad como otros habitantes de la fonda.

Este respeto a su melancolía debió de halagar su orgullo de paciente; dígolo, porque no tardó en mirarme con cierta deferencia, cual si ya nos hubiésemos revelado el uno al otro.

Quince días habían transcurrido de esta manera, cuando la fatalidad..., nada más que la fatalidad... me introdujo una noche en el cuarto de la desconocida.

Como nuestras habitaciones ocupaban idéntica situación en el edificio, salvo el estar en pisos diferentes, eran sus entradas iguales. Dicha noche, pues, al volver del teatro, subí distraído más escaleras de las que debía, y abrí la puerta de su cuarto creyendo que era la del mío.

La hermosa estaba leyendo, y se sobresaltó al verme. Yo me aturdí de tal modo, que apenas pude dis-

[23] *laísmo:* expresión correcta: "ni nunca le dirigí la palabra".

culparme, pero mi misma turbación y la prisa con que intenté irme, la convencieron de que aquella equivocación no era una farsa. Retúvome, pues, con exquisita amabilidad *«para demostrarme* —dijo— *que creía en mi buena fe y que no estaba incomodada conmigo»*, acabando por suplicarme que me *equivocara otra vez deliberadamente,* pues no podía tolerar que una persona de mis condiciones de carácter pasase las noches en el balcón, oyéndola cantar —*como ella me había visto*—, cuando *su pobre habilidad se honraría con que yo le prestase atención más de cerca.*

A pesar de todo creí de mi deber no tomar asiento en aquella noche, y salí.

Pasaron tres días, durante los cuales tampoco me atreví a aprovechar el amable ofrecimiento de la bella cantora, aun a riesgo de pasar por descortés a sus ojos. ¡Y era que estaba perdidamente enamorado de ella; era que conocía que en unos amores con aquella mujer no podía haber término medio, sino delirio de dolor o delirio de ventura; era que le temía, en fin, a la atmósfera de tristeza que la rodeaba!

Sin embargo, después de aquellos tres días, subí al piso segundo.

Permanecí allí toda la velada: la joven me dijo llamarse *Blanca* y ser madrileña y viuda: tocó el piano, cantó, hízome mil preguntas acerca de mi persona, profesión, estado, familia, etc., y todas sus palabras y observaciones me complacieron y enajenaron... Mi alma fue desde aquella noche esclava de la suya.

A la noche siguiente volví, y a la otra noche también, y después todas las noches y todos los días.

Nos amábamos, y ni una palabra de amor nos habíamos dicho.

Pero hablando del amor habíale yo encarecido varias veces la importancia que daba a este sentimiento, la vehemencia de mis ideas y pasiones, y todo lo que necesitaba mi corazón para ser feliz.

Ella, por su parte, me había manifestado que pensaba del mismo modo.

—Yo —dijo una noche— me casé sin amor a mi marido. Poco tiempo después... lo odiaba. Hoy ha muerto. ¡Sólo Dios sabe cuánto he sufrido! Yo comprendo el amor de esta suerte: es la gloria o es el infierno. Y para mí, hasta ahora, ¡siempre ha sido el infierno!

Aquella noche no dormí.

La pasé analizando las últimas palabras de Blanca.

¡Qué superstición la mía! Aquella mujer me daba miedo. ¿Llegaríamos a ser, yo su *gloria* y ella mi *infierno?*

Entre tanto, expiraba el mes de licencia.

Podía pedir otro pretextando una enfermedad... Pero, ¿debía hacerlo?

Consulté con Blanca.

—¿Por qué me lo pregunta usted *a mí?* —repuso ella, cogiéndome una mano.

—Más claro, Blanca... —respondí—. Yo la amo a usted... ¿Hago mal en amarla?

—¡No! —respondió Blanca palideciendo.

Y sus ojos negros dejaron escapar dos torrentes de luz y de voluptuosidad...

II

Pedí, pues, dos meses de licencia, y me los concedieron... gracias a ti. ¡Nunca me hubieras hecho aquel favor!

Mis relaciones con Blanca no fueron amor: fueron delirio, locura, fanatismo.

Lejos de atemperarse mi frenesí con la posesión de aquella mujer extraordinaria, se exacerbó más y más: cada día que pasaba, descubría nuevas afinidades entre nosotros, nuevos tesoros de ventura, nuevos manantiales de felicidad...

Pero en mi alma como en la suya, brotaban al propio tiempo misteriosos temores.

¡Temíamos perdernos!... Esta era la fórmula de nuestra inquietud.

Los amores vulgares necesitan el miedo para alimentarse, para no decaer. Por eso se ha dicho que toda relación ilegítima es más vehemente que el matrimonio. Pero un amor como el nuestro hallaba recónditos[24] pesares en su precario porvenir, en su inestabilidad, en su carencia de lazos indisolubles...

Blanca me decía:

—Nunca esperé ser amada por un hombre como tú; y, después de ti, no veo amor ni dicha posibles para mi corazón. Joaquín, un amor como el tuyo era la necesidad de mi vida: moría ya sin él; sin él moriría mañana... Dime que nunca me olvidarás.

24 *recónditos:* escondidos, ocultos.

—¡Casémonos, Blanca! —respondía yo.

Y Blanca inclinaba la cabeza con angustia.

—¡Sí, casémonos! —volvía yo a decir, sin comprender aquella muda desesperación.

—¡Cuánto me amas! —replicaba ella—. Otro hombre en tu lugar rechazaría esa idea, si yo se la propusiese. Tú, por el contrario...

—Yo, Blanca, estoy orgulloso de ti; quiero ostentarte a los ojos del mundo; quiero perder toda zozobra acerca del tiempo que vendrá; quiero saber que eres mía para siempre. Además, tú conoces mi carácter, sabes que nunca transijo en materias de honra... Pues bien; la sociedad en que vivimos llama *crimen* a nuestra dicha... ¿Por qué no hemos de rendirnos al pie del altar? ¡Te quiero pura, te quiero noble, te quiero santa! ¡Te amaré entonces más que hoy!... ¡Acepta mi mano!

—¡No puedo! —respondía aquella mujer incomprensible.

Y este debate se reprodujo mil veces.

Un día que yo peroré[25] largo rato contra el adulterio y contra toda inmoralidad, Blanca se conmovió extraordinariamente; lloró, me dio las gracias y repitió lo de costumbre:

—¡Cuánto me amas! ¡Qué bueno, qué grande, qué noble eres!

A todo esto expiraba la prórroga de mi licencia.

Érame necesario volver a mi destino, y así se lo anuncié a Blanca.

—¡Separarnos! —gritó con infinita angustia.

[25] *peroré:* pronuncié un discurso, sermoneé.

—¡Tú lo has querido! —contesté.

—¡Eso es imposible!... Yo te idolatro, Joaquín.

—Blanca, yo te adoro.

—Abandona tu carrera... Yo soy rica... ¡Viviremos juntos! —exclamó, tapándome la boca para que no replicara.

La besé la mano, y respondí:

—De mi esposa aceptaría esa oferta, haciendo todavía un sacrificio... Pero de ti...

—¡De mí! —respondió llorando—. ¡De la madre de tu hijo!

—¿Quién? ¡Tú! ¡Blanca!...

—Sí..., Dios acaba de decirme que soy madre... ¡Madre por primera vez! ¡Tú has completado mi vida, Joaquín; y no bien gusto la fruición de esta bienaventuranza absoluta, quieres desgajar el árbol de mi dicha! ¡Me das un hijo y me abandonas tú...!

—¡Sé mi esposa, Blanca! —fue mi única contestación—. Labremos la felicidad de ese ángel que llama a las puertas de la vida.

Blanca permaneció mucho tiempo silenciosa.

Luego levantó la cabeza con una tranquilidad indefinible, y murmuró:

—Seré tu esposa.

—¡Gracias! ¡Gracias, Blanca mía!

—Escucha —dijo al poco rato—: no quiero que abandones tu carrera...

—¡Ah! ¡Mujer sublime!

—Vete a tu Juzgado... ¿Cuánto tiempo tardarás en arreglar allí tus asuntos, solicitar del Gobierno más licencia y volver a Sevilla?

—Un mes.

—Un mes... —repuso Blanca—. ¡Bien! Aquí te espero. Vuelve dentro de un mes y seré tu esposa. Hoy somos 15 de abril... ¡El 15 de mayo, sin falta!

—¡Sin falta!

—¿Me lo juras?

—Te lo juro.

—¡Aún otra vez! —replicó Blanca.

—Te lo juro.

—¿Me amas?

—Con toda mi vida.

—Pues vete, y ¡vuelve! Adiós...

Dijo, y me suplicó que la dejara y que partiera sin perder momento.

Despedíme de ella y partí a *** aquel mismo día.

Llegué a ***.

Preparé mi casa para recibir a mi esposa; solicité y obtuve, como sabes, otro mes de licencia, y arreglé todos mis asuntos con tal eficacia, que, al cabo de quince días, me vi en libertad de volver a Sevilla.

Debo advertirte que durante aquel medio mes no recibí ni una sola carta de Blanca, a pesar de haberle yo escrito seis. Esta circunstancia me tenía vivamente contrariado. Así fue que, aunque sólo había transcurrido la mitad del plazo que mi amada me concediera, salí para Sevilla, adonde llegué el día 30 de abril.

Inmediatamente me dirigí a la fonda que había sido nido de nuestros amores.

Blanca había desaparecido dos días después de mi partida, sin dejar razón del punto a que se encaminaba.

¡Imagínate el dolor de mi desengaño! ¡No escribirme que se marchaba! ¡Marcharse sin dejar dicho adónde se dirigía! ¡Hacerme perder completamente su rastro! ¡Evadirse, en fin, como una criminal cuyo delito se ha descubierto!

Ni por un instante me ocurrió permanecer en Sevilla hasta el 15 de mayo aguardando a ver si regresaba Blanca... La violencia de mi dolor y de mi indignación, y el bochorno que sentía por haber inspirado a la mano de semejante aventurera, no dejaban lugar a ninguna esperanza, a ninguna ilusión, a ningún consuelo. Lo contrario hubiera sido ofender mi propia conciencia, que ya veía en Blanca el ser odioso y repugnante que el amor o el deseo habían disfrazado hasta entonces... ¡Indudablemente era una mujer liviana e hipócrita, que me amó sensualmente, pero que, previendo la habitual mudanza de su caprichoso corazón, no pensó nunca en que nos casáramos! Hostigada, al fin por mi amor y mi honradez, había ejecutado una torpe comedia, a fin de escaparse impunemente. ¡Y en cuanto a aquel hijo anunciado con tanto júbilo, tampoco me cabía ya duda de que era otra ficción, otro engaño, otra sangrienta burla!... ¡Apenas se comprendía semejante perversidad en una criatura tan bella y tan inteligente!

Tres días nada más estuve en Sevilla, y el 4 de mayo me marché a la Corte, renunciando a mi destino, para ver si mi familia y el bullicio del mundo me hacían olvidar a aquella mujer, que sucesivamente había sido para mí la *gloria* y el *infierno.*

Por último, hace cosa de quince meses que tuve que aceptar el Juzgado de este otro pueblo, donde, como has visto, no vivo muy contento que digamos; siendo lo peor de todo que, en medio de mi aborrecimiento a Blanca, detesto mucho más a las demás mujeres... por la sencilla razón de que no son *ella*...

¿Te convences ahora de que nunca llegaré a casarme?

VI

EL CUERPO DEL DELITO

Pocos segundos después de terminar mi amigo Zarco la relación de sus amores, llegamos al cementerio.

El cementerio de *** no es otra cosa que un campo yermo[26] y solitario, sembrado de cruces de madera y rodeado por una tapia. Ni lápidas ni sepulcros turban la monotonía de aquella mansión. Allí descansan, en la fría tierra, pobres y ricos, grandes y plebeyos, nivelados por la muerte.

En estos pobres cementerios, que tanto abundan en España y que son acaso los más poéticos y los más propios de sus *moradores*, sucede con frecuencia que, para sepultar un cuerpo, es menester exhumar[27] otro, o, mejor dicho, que cada dos años se echa una nueva capa de muertos sobre la tierra. Consiste esto en la pequeñez del recinto, y da por resultado que, alrededor de cada nueva zanja, hay mil blancos despojos que de tiempo en tiempo son conducidos al *osario común*.

[26] *yermo:* estéril, sin cultivo. [27] *exhumar:* desenterrar.

Yo he visto más de una vez estos osarios... ¡Y en verdad que merecen ser vistos! Figuraos en un rincón del campo santo, una especie de pirámide de huesos, una colina de multiforme marfil, un cerro de cráneos, fémures, canillas, húmeros, clavículas rotas, columnas espinales desgranadas, dientes sembrados acá y allá, costillas que fueron armadura de corazones, dedos diseminados..., y todo ello seco, frío, muerto, árido... ¡Figuraos, figuraos aquel horror!

Y ¡qué contactos! Los enemigos, los rivales, los esposos, los padres y sus hijos, están allí, no sólo juntos, sino revueltos, mezclados por pedazos, como trillada mies como rota paja... Y ¡qué desapacible ruido cuando un cráneo choca con otro, o cuando baja rodando desde la cumbre por aquellas huecas astillas de antiguos hombres! Y ¡qué risa tan insultante tienen las calaveras!

Pero volvamos a nuestra historia.

Andábamos Joaquín y yo dando sacrílegamente con el pie a tantos restos inanimados, ora pensando en el día que otros pies hollarían nuestros despojos, ora atribuyendo a cada hueso una historia; procurando hallar el secreto de la vida en aquellos cráneos donde acaso moró el genio o bramó la pasión, y ya vacíos como celda de difunto fraile, o adivinando otras veces (por la configuración, por la dureza y por la dentadura) si tal calavera perteneció a una mujer, a un niño o a un anciano; cuando las miradas del Juez quedaron fijas en uno de aquellos globos de marfil...

—¿Qué es esto? —exclamó, retrocediendo un poco—. ¿Qué es esto, amigo mío? ¿No es un *clavo?*

Y así hablando daba vueltas con el bastón a un cráneo, bastante fresco todavía, que conservaba algunos espesos mechones de pelo negro.

Miré y quedé tan asombrado como mi amigo... ¡Aquella calavera estaba atravesada por un clavo de hierro!

La chata cabeza de este clavo asomaba por la parte superior del hueso coronal, mientras que la punta salía por el que fue cielo de la boca.

¿Qué podía significar aquello?

De la extrañeza pasamos a las conjeturas, ¡y de las conjeturas al horror!...

—¡Reconozco la Providencia! —exclamó finalmente Zarco—. ¡He aquí un espantoso crimen que iba a quedar impune y que se delata por sí mismo a la justicia! ¡Cumpliré con mi deber, tanto más, cuanto que parece que el mismo Dios me lo ordena directamente al poner ante mis ojos la taladrada cabeza de la víctima! ¡Ah! Sí... ¡Juro no descansar hasta que el autor de este horrible delito expíe su maldad en el cadalso!

VII

PRIMERAS DILIGENCIAS[28]

Mi amigo Zarco era un modelo de jueces.

Recto, infatigable, aficionado, tanto como obligado, a la administración de justicia, vio en aquel asunto un campo vastísimo en que emplear toda su inteligencia, todo su celo, todo su fanatismo (perdonad la palabra) por el cumplimiento de la ley.

Inmediatamente hizo buscar a un escribano, y dio principio al proceso.

Después de extendido testimonio de aquel hallazgo, llamó al enterrador.

El lúgubre personaje se presentó ante la ley pálido y tembloroso. ¡A la verdad, entre aquellos dos hombres, cualquier escena tenía que ser horrible! Recuerdo literalmente su diálogo:

El Juez.—¿De quién puede ser esta calavera?

El sepulturero.—¿Dónde la ha encontrado vuestra señoría?

[28] *diligencias:* trámites judiciales.

El Juez.—En este mismo sitio.

El sepulturero.—Pues entonces pertenece a un cadáver que, por estar ya *algo pasado,* desenterré ayer para sepultar a una vieja que murió anteanoche.

El Juez.—¿Y por qué exhumó usted ese cadáver y no otro más antiguo?

El sepulturero.—Ya lo he dicho a vuestra señoría: para poner a la vieja en su lugar. ¡El Ayuntamiento no quiere convencerse de que este cementerio es muy chico para tanta gente como se muere ahora! ¡Así es que no se deja a los muertos secarse en la tierra, y tengo que trasladarlos medio vivos al osario común!

El Juez.—¿Y podrá saberse de quién es el cadáver a que corresponde esta cabeza?

El sepulturero.—No es muy fácil, señor.

El Juez.—Sin embargo, ¡ello ha de ser! Conque piénselo usted despacio.

El sepulturero.—Encuentro un medio de saberlo...

El Juez.—Dígalo usted.

El sepulturero.—La caja de aquel muerto se hallaba en regular estado cuando la saqué de la tierra, y me la llevé a mi habitación para aprovechar las tablas de la tapa. Acaso conserven alguna señal, como iniciales, galones o cualquiera otra de esas cosas que se estilan ahora para adornar los ataúdes...

El Juez.—Veamos esas tablas.

En tanto que el sepulturero traía los fragmentos del ataúd, Zarco mandó a un alguacil que envolviese el misterioso cráneo en un pañuelo, a fin de llevárselo a su casa.

El enterrador llegó con las tablas.

Como esperábamos, encontráronse en una de ellas algunos jirones de galón dorado, que, sujetos a la madera con tachuelas de metal, habrían formado letras y números...

Pero el galón estaba roto, y era imposible restablecer aquellos caracteres.

No desmayó, con todo, mi amigo, sino que hizo arrancar completamente el galón, y por las tachuelas, o por las punturas de otras que había habido en la tabla, recompuso las siguientes cifras:

A.G.R.
1843
R.I.P.[29]

Zarco radió en entusiasmo al hacer este descubrimiento.

—¡Es bastante! ¡Es demasiado! —exclamó gozosamente—. ¡Asido de esta hebra, recorreré el laberinto[30] y lo descubriré todo!

Cargó el alguacil con la tabla, como había cargado con la calavera, y regresamos a la población.

Sin descansar un momento, nos dirigimos a la parroquia más próxima.

Zarco pidió al cura el *libro de sepelios*[31] de 1843.

Recorriolo el escribano hoja por hoja, partida por partida...

[29] *R.I.P.*: Siglas de la expresión latina "Requiescat in pace" (Descanse en paz). [30] Alusión al ovillo que Ariadna entregó a Teseo para que, tras acabar con el Minotauro, pudiera salir del laberinto siguiendo el hilo que había ido soltando. [31] *libro de sepelios:* libro donde constan los enterramientos.

Aquellas iniciales A.G.R. no correspondían a ningún difunto.

Pasamos a otra parroquia.

Cinco tiene la villa: a la cuarta que visitamos, halló el escribano esta partida de sepelio:

«*En la iglesia parroquial de San..., de la villa de ***, a 4 de mayo de 1843, se hicieron los oficios de funeral, conforme a entierro mayor, y se dio sepultura en el cementerio común a* D. ALFONSO GUTIÉRREZ DEL ROMERAL, *natural y vecino que fue de esta población, el cual no recibió los Santos Sacramentos ni testó, por haber muerto de apoplejía*[32] *fulminante, en la noche anterior, a la edad de treinta y un años. Estuvo casado con doña Gabriela Zahara del Valle, natural de Madrid, y no deja hijos. Y para que conste, etc.*»

Tomó Zarco un certificado de esta partida, autorizado por el cura, y regresamos a nuestra casa.

Por el camino me dijo el Juez:

—Todo lo veo claro. Antes de ocho días habrá terminado este proceso que tan oscuro se presentaba hace dos horas. Ahí llevamos una *apoplejía fulminante* de hierro, que tiene cabeza y punta, y que dio muerte repentina a un *don Alfonso Gutiérrez del Romeral.* Es decir: tenemos el *clavo*... Ahora sólo me falta encontrar el *martillo.*

[32] *apoplejía:* parada de la actividad cerebral.

VIII

DECLARACIONES

Un *vecino* dijo:

Que don Alfonso Gutiérrez del Romeral, joven y rico propietario de aquella población, residió algunos años en Madrid, de donde volvió en 1840 casado con una bellísima señora llamada doña Gabriela Zahara:

Que el declarante había ido algunas noches de tertulia a casa de los recién casados, y tuvo ocasión de observar la paz y ventura que reinaban en el matrimonio:

Que cuatro meses antes de la muerte de don Alfonso había marchado su esposa a pasar una temporada en Madrid con su familia, según explicación del mismo marido:

Que la joven regresó en los últimos días de abril, o sea tres meses y medio después de su partida:

Que a los ocho días de su llegada ocurrió la muerte de don Alfonso:

Que habiendo enfermado la viuda a consecuencia del sentimiento que le causó esta pérdida, manifestó a sus amigos que le era insoportable vivir en un pueblo donde todo le hablaba de su querido y malogrado esposo, y se marchó para siempre a mediados de mayo, diez o doce días después de la muerte de su esposo:

Que era cuanto podía declarar, y la verdad, a cargo del juramento que había prestado, etc.

Otros *vecinos* prestaron declaraciones casi idénticas a la anterior.

Los *criados* del difunto Gutiérrez dijeron:

Que la paz del matrimonio no era tanta como se decía de público:

Que la separación de tres meses y medio que precedió a los últimos ocho días que vivieron juntos los esposos, fue un tácito[33] rompimiento, consecuencia de profundos y misteriosos disgustos que mediaban entre ambos jóvenes desde el principio de su matrimonio:

Que la noche en que murió su amo se reunieron los esposos en la alcoba nupcial, como lo verificaban desde la vuelta de la señora, contra su antigua costumbre de dormir cada uno en su respectivo cuarto:

Que a media noche los criados oyeron sonar violentamente la campanilla, a cuyo repiqueteo se unían los desaforados gritos de la señora:

Que acudieron, y vieron salir a ésta de la cámara nupcial, con el cabello en desorden, pálida y convulsa, gritando entre amarguísimos sollozos:

—«¡Una apoplejía! ¡Un médico! ¡Alfonso mío! ¡El señor se muere...!»

33 *tácito:* callado.

Que penetraron en la alcoba, y vieron a su amo tendido sobre el lecho y ya cadáver; y que habiendo acudido un médico, confirmó que don Alfonso había muerto de una congestión cerebral.

El médico: Preguntado al tenor de la cita que precede, dijo: Que era cierta en todas sus partes.

El mismo *médico* y otros dos facultativos:

Habiéndoseles puesto de manifiesto la calavera de don Alfonso, y preguntados sobre si la muerte recibida de aquel modo podía aparecer a los ojos de la ciencia como apoplejía, dijeron que *sí.*

Entonces dictó mi amigo el siguiente auto:[34]

«Considerando que la muerte de don Alfonso Gutiérrez del Romeral debió ser instantánea y subsiguiente a la introducción del clavo en su cabeza:

»Considerando que, cuando murió, estaba solo con su esposa en la alcoba nupcial:

»Considerando que es imposible atribuir a suicidio una muerte semejante, por las dificultades materiales que ofrece su perpetración con mano propia:

»Se declara reo de esta causa, y autora de la muerte de don Alfonso, a su esposa doña Gabriela Zahara del Valle, para cuya captura se expedirán los oportunos exhortos,[35] etc., etc.»

—Dime, Joaquín... —pregunté yo al Juez—, ¿crees que se capturará a Gabriela Zahara?

[34] *auto:* resolución judicial. [35] *exhortos:* comunicación de un juez a otros para que ordenen dar cumplimiento de lo que se les pide.

—¡Indudablemente!

—Y ¿por qué lo aseguras?

—Porque, en medio de estas rutinas judiciales, hay cierta fatalidad dramática que no perdona nunca. Más claro: cuando los huesos salen de la tumba a declarar, poco les queda que hacer a los Tribunales.

IX

EL HOMBRE PROPONE...

A pesar de las esperanzas de mi amigo Zarco, Gabriela Zahara no pareció.

Exhortos, requisitorias;[36] todo fue inútil.

Pasaron tres meses.

La causa se sentenció en rebeldía.[37]

Yo abandoné la villa de ***; no sin prometerle a Zarco volver al año siguiente.

[36] *requisitorias:* despachos en que un juez requiere a otro para que ejecute un mandamiento. [37] *en rebeldía:* estado procesal de la persona que no cumple una orden o requerimiento.

«En la fonda en que me hospedé vivía hacía algunas semanas cierta elegante y hermosísima joven, que pasaba por viuda, cuya procedencia, así como el objeto que la retenía en Sevilla, eran un misterio para los demás huéspedes.»

V. Memorias de un Juez de primera instancia [pág. 36]

John Frederick Lewis: *Dama española, vestida con traje de Maja Andaluza.*
Litografía. C. Hullmandel, Londres, 1834.

«Aquel invierno lo pasé en Granada.»

X. Un dúo en «mi» menor [pág. 59]

Agustín Lhardy y Garrigues (1848-1918): *Granada. Torre de las Damas.*

X

UN DÚO EN «MI» MAYOR

Aquel invierno lo pasé en Granada.

Érase una noche en que había gran baile en casa de la riquísima señora de X..., la cual había tenido la bondad de convidarme a la fiesta.

A poco de llegar a aquella magnífica morada, donde estaban reunidas todas las célebres hermosuras de la aristocracia granadina, reparé en una bellísima mujer, cuyo rostro habría distinguido entre mil otros semejantes, suponiendo que Dios hubiese formado alguno que se le pareciera.

¡Era mi desconocida, mi mujer misteriosa, mi desengañada de la diligencia, mi compañera de viaje, el *número 1* de que que os hablé al principio de esta relación!

Corrí a saludarla, y ella me reconoció en el acto.

—Señora —le dije—, he cumplido a usted mi promesa de no buscarla. Hasta ignoraba que podía encontrar a usted aquí. A saberlo, acaso no hubiera venido, por temor de ser a usted enojoso. Una vez ya delante de usted, espero que me diga si puedo reconocerla, si me es dado hablarle, si ha cesado el entredicho[38] que me alejaba de usted.

—Veo que es usted vengativo... —me contestó graciosamente, alargándome la mano—. Pero yo le perdono. ¿Cómo está usted?

—¡En verdad que lo ignoro! —respondí—. Mi salud, la salud de mi alma, pues no otra cosa me preguntará usted en medio de un baile, depende de la salud de su alma de usted. Esto quiere decir que mi dicha no puede ser sino un reflejo de la suya. ¿Ha sanado ese pobre corazón?

—Aunque la galantería le prescriba[39] a usted desearlo —contestó la dama—, y mi aparente jovialidad haga suponerlo, usted sabe..., lo mismo que yo, que las heridas del corazón no se curan.

—Pero *se tratan*, señora, como dicen los facultativos; se hacen llevaderas; se tiende una piel rosada sobre la roja cicatriz; se edifica una ilusión sobre un desengaño...

—Pero esa edificación es falsa...

—¡Como la primera, señora; como todas! *Querer creer, querer gozar...*, he aquí la dicha. Mirabeau,[40] moribundo, no aceptó el generoso ofrecimiento de un joven que quiso transfundir toda su sangre en las empobrecidas arterias del grande hombre... ¡No sea usted como Mirabeau! ¡Beba usted nueva vida en el primer corazón virgen que le ofrezca su rica savia! Y pues no gusta

[38] *entredicho:* prohibición. [39] *prescriba:* ordene. [40] *Mirabeau:* Honoré-Gabriel Mirabeau (1749-1791). Famoso orador de la Revoluciónn francesa.

usted de galanterías, le añadiré, en abono de mi consejo, que, al hablar así, no defiendo mis intereses...

—¿Por qué dice usted eso último?

—Porque yo también tengo algo de Mirabeau; no en la cabeza, sino en la sangre. Necesito lo que usted... ¡Una primavera que me vivifique!

—¡Somos muy desdichados! En fin..., usted tendrá la bondad de no huir de mí en adelante...

—Señora, iba a pedirla a usted permiso para visitarla.

Nos despedimos.

—¿Quién es esta mujer? —pregunté a un amigo mío.

—Una americana que se llama Mercedes de Meridanueva —me contestó—. Es todo lo que sé, y mucho más de lo que se sabe generalmente.

XI

FATALIDAD

Al día siguiente fui a visitar a mi nueva amiga a la *Fonda de los Siete Suelos* de la Alhambra.

La encantadora Mercedes me trató como a un amigo íntimo, y me invitó a pasear con ella por aquel edén de la Naturaleza y templo del arte, y a acompañarla luego a comer.

De muchas cosas hablamos durante las seis horas que estuvimos juntos; y, como el tema a que siempre volvíamos era el de los desengaños amorosos, hube de contarle la historia de los amores de mi amigo Zarco.

Ella la oyó muy atentamente, y, cuando terminé; se echó a reír, y me dijo:

—Señor don Felipe, sírvale a usted eso de lección para no enamorarse nunca de mujeres a quienes no conozca...

—No vaya usted a creer —respondí con viveza— que he inventado esa historia, o se la he referido, porque me figure que todas las damas misteriosas que se encuentra uno en viaje son como la que engañó a mi condiscípulo...

—Muchas gracias... pero no siga usted —replicó, levantándose de pronto—. ¿Quién duda de que en la *Fonda de los Siete Suelos* de Granada pueden alojarse mujeres que en nada se parezcan a esa que tan fácilmente se enamoró de su amigo de usted en la fonda de Sevilla? En cuanto a mí, no hay riesgo de que me enamore de nadie, puesto que nunca hablo tres veces con un mismo hombre...

—¡Señora! ¡Eso es decirme que no vuelva!...

—No: esto es anunciar a usted que mañana, al ser de día, me marcharé de Granada, y que probablemente no volveremos a vernos nunca.

—*¡Nunca!* Lo mismo me dijo usted en Málaga, después de nuestro famoso viaje...; y, sin embargo, nos hemos visto de nuevo...

—En fin: dejemos libre el campo a la fatalidad. Por mi parte, repito que ésta es nuestra despedida... eterna...

Dichas tan solemnes palabras, Mercedes me alargó la mano y me hizo un profundo saludo.

Yo me alejé vivamente conmovido, no sólo por las frías y desdeñosas frases con que aquella mujer había vuelto a descartarme de su vida (como cuando nos separamos en Málaga), sino ante el incurable dolor que vi pintarse en su rostro, mientras que procuraba sonreírse, al decirme *adiós* por última vez...

¡Por última vez!... ¡Ay! ¡Ojalá hubiera sido la última! Pero la fatalidad lo tenía dispuesto de otro modo.

XII

TRAVESURAS DEL DESTINO

Pocos días después llamáronme de nuevo mis asuntos al lado de Joaquín Zarco.

Llegué a la villa de ***.

Mi amigo seguía triste y solo, y se alegró mucho de verme.

Nada había vuelto a saber de Blanca; pero tampoco había podido olvidarla ni siquiera un momento...

Indudablemente, aquella mujer era su predestinación... ¡Su *gloria* o su *infierno*, como el desgraciado solía decir!

Pronto veremos que no se equivocaba en este supersticioso juicio.

La noche del mismo día de mi llegada estábamos en su despacho leyendo las últimas diligencias practicadas para la captura de Gabriela Zahara del Valle, todas ellas inútiles por cierto, cuando entró un alguacil y entregó al joven juez un billete[41] que decía de este modo:

41 *billete:* carta con nota breve.

«En la fonda del León hay una señora que desea hablar con el señor Zarco.»

—¿Quién ha traído esto? —preguntó Joaquín.

—Un criado.

—¿De parte de quién?

—No me ha dicho nombre alguno.

—¿Y ese criado...?

—Se fue al momento.

Joaquín meditó y dijo luego lúgubremente:

—¡Una señora! ¡A mí!... ¡No sé por qué me da miedo esta cita!... ¿Qué te parece, Felipe?

—Que tu deber de juez es asistir a ella. ¡Puede tratarse de Gabriela Zahara!...

—Tienes razón... ¡Iré! —dijo Zarco, pasándose una mano por la frente.

Y cogiendo un par de pistolas envolvióse en la capa y partió, sin permitir que lo acompañase.

Dos horas después volvió.

Venía agitado, trémulo, balbuciente...

Pronto conocí que una vivísima alegría era la causa de aquella agitación.

Zarco me estrechó convulsivamente entre sus brazos, exclamando a gritos, entrecortados por el júbilo:

—¡Ah! ¡Si supieras!... ¡Si supieras, amigo mío!

—¡Nada sé! —respondí—. ¿Qué te ha pasado?

—¡Ya soy dichoso! ¡Ya soy el más feliz de los hombres!

—Pues ¿qué ocurre?

—La esquela[42] en que me llamaban a la fonda...

—Continúa.

[42] *esquela:* billete, carta breve.

—¡Era de ella!

—¿De quién? ¿De Gabriela Zahara?

—¡Quita de allá, hombre! ¿Quién piensa ahora en desventuras? ¡Era de ella! ¡De la otra!

—Pero ¿quién es la otra?

—¿Quién ha de ser? ¡Blanca! ¡Mi amor! ¡Mi vida! ¡La madre de mi hijo!

—¿Blanca? —repliqué con asombro—. Pues no decías que te había engañado?

—¡Ah! ¡No! ¡Fue alucinación mía!...

—¿La que padeces ahora?

—No; la que entonces padecí.

—Explícate.

—Escucha: Blanca me adora...

—Adelante. El que tú lo digas no prueba nada.

—Cuando nos separamos Blanca y yo el día 15 de abril, quedamos en reunirnos en Sevilla para el 15 de mayo. A poco tiempo de mi marcha, recibió ella una carta en que le decían que su presencia era necesaria en Madrid para asuntos de familia; y como podía disponer de un mes hasta mi vuelta, fue a la Corte, y volvió a Sevilla muchos días antes del 15 de mayo. Pero yo, más impaciente que ella, acudí a la cita con quince días de anticipación de la fecha estipulada, y no hallando a Blanca en la fonda, me creí engañado..., y no esperé. En fin..., ¡he pasado dos años de tormento por una ligereza mía!

—Pero una carta lo evitaba todo...

—Dice que había olvidado el nombre de aquel pueblo, cuya promotoría[43] sabes que dejé inmediatamente, yéndome a Madrid...

[43] *promotoría:* plaza que ocupa el promotor fiscal.

—¡Ah! ¡Pobre amigo mío! —exclamé—. ¡Veo que quieres convencerte; que te empeñas en consolarte! ¡Más vale así! Conque, veamos: ¿Cuándo te casas? ¡Porque supongo que, una vez deshechas las nieblas de los celos, lucirá radiante el sol del matrimonio!...

—¡No te rías! —exclamó Zarco—. Tú serás mi padrino.

—Con mucho gusto. ¡Ah! ¿Y el niño? ¿Y vuestro hijo?

—¡Murió!

—¡También eso! Pues, señor... —dije aturdidamente—. ¡Dios haga un milagro!

—¡Cómo!

—Digo... ¡que Dios te haga feliz!

XIII

DIOS DISPONE

Por aquí íbamos en nuestra conversación, cuando oímos fuertes aldabonazos en la puerta de la calle.

Eran las dos de la madrugada.

Joaquín y yo nos estremecimos sin saber por qué...

Abrieron; y a los pocos segundos entró en el despacho un hombre que apenas podía respirar, y que exclamaba entrecortadamente con indescriptible júbilo:

—¡Albricias! ¡Albricias, compañero! ¡Hemos vencido!

Era el promotor fiscal del Juzgado.

—Explíquese usted, compañero... —dijo Zarco, alargándole una silla—. ¿Qué ocurre para que venga usted tan a deshora y tan contento?

—Ocurre... ¡Apenas es importante lo que ocurre!... Ocurre que Gabriela Zahara...

—¿Cómo?... ¿Qué?... —interrumpimos a un mismo tiempo Zarco y yo.

—¡Acaba de ser presa!

—¡Presa! —gritó el Juez lleno de alegría.

—Sí, señor; ¡presa! —repitió el Fiscal—. La Guardia Civil le seguía la pista hace un mes, y, según acaba de decirme el sereno, que suele acompañarme desde el Casino hasta mi casa, ya la tenemos a buen recaudo en la cárcel de esta muy noble villa...

—Pues vamos allá... —replicó el Juez—. Esta misma noche le tomaremos declaración. Hágame usted el favor de avisar al escribano de la causa. Usted mismo presenciará las actuaciones, atendida la gravedad del caso... Diga usted que manden a llamar también al sepulturero, a fin de que presente por sí propio la cabeza de don Alfonso Gutiérrez, la cual obra en poder del alguacil. Hace tiempo que tengo excogitado este horrible *careo*[44] de los dos esposos, en la seguridad de que la parricida no podrá negar su crimen al ver aquel clavo de hierro que, en la boca de la calavera, parece una lengua acusadora. En cuanto a ti —díjome luego Zarco—, harás el papel de *escribiente,* para que puedas presenciar, sin quebrantamiento de la ley, escenas tan interesantes...

Nada le contesté. Entregado mi infeliz amigo a su *alegría de Juez* —permítaseme la frase—, no había concebido la horrible sospecha que, sin duda, os agita ya a vosotros...; sospecha que penetró desde luego en mi corazón, taladrándolo con sus uñas de hierro... ¡Gabriela y Blanca, llegadas a aquella villa en una misma noche, podían ser una sola persona!

[44] *careo:* enfrentamiento entre personas para obtener la verdad de hechos o dichos.

—Dígame usted —pregunté al promotor, mientras que Zarco se preparaba para salir—: ¿En dónde estaba Gabriela cuando la prendieron los guardias?

—En la fonda del León —me respondió el Fiscal.

¡Mi angustia no tuvo límites!

Sin embargo, nada podía hacer, nada podía decir, sin comprometer a Zarco, como tampoco debía envenenar el alma de mi amigo comunicándole aquella lúgubre conjetura, que acaso iban a desmentir los hechos. Además, suponiendo que Gabriela y Blanca fueran una misma persona, ¿de qué le valdría al desgraciado el que yo se lo indicase anticipadamente? ¿Qué podía hacer en tan tremendo conflicto? ¿Huir? ¡Yo debía evitarlo, pues era declararse reo! ¿Delegar, fingiendo una indisposición repentina? Equivaldría a desamparar a Blanca, en cuya defensa tanto podría hacer, si su causa le parecía defendible. ¡Mi obligación, por tanto, era guardar silencio y dejar paso a la justicia de Dios!

Tal discurrí por lo menos en aquel súbito lance, cuando no había tiempo ni espacio para soluciones inmediatas... ¡La catástrofe se venía encima con trágica premura!... El Fiscal había dado ya las órdenes de Zarco a los alguaciles, y uno de éstos había ido a la cárcel, a fin de que dispusiesen la sala de Audiencia para recibir al Juzgado. El comandante de la Guardia Civil entraba en aquel momento a dar parte en persona —como muy satisfecho que estaba del caso— de la prisión de Gabriela Zahara... Y algunos trasnochadores, socios del Casino y amigos del Juez, noticiosos de la ocurrencia, iban acudiendo también allí, como a olfatear y presentir las emociones del terrible día en que dama tan principal y tan bella subiese al cadalso... En fin, no había más remedio que ir hasta el borde del abismo, pidiendo a Dios que Gabriela no fuese Blanca.

Disimulé, pues, mi inquietud y callé mis recelos, y a eso de las cuatro de la mañana seguí al Juez, al promotor, al escribano, al comandante de la Guardia Civil y a un pelotón de curiosos y de alguaciles, que se trasladaron a la cárcel regocijadamente.

XIV

EL TRIBUNAL

Allí aguardaba ya el sepulturero.

La sala de la Audiencia estaba profusamente iluminada.

Sobre la mesa veíase una caja de madera pintada de negro, que contenía la calavera de don Alfonso Gutiérrez del Romeral.

El Juez ocupó su sillón; el promotor se sentó a su derecha, y el comandante de la Guardia, por respetos superiores a las prácticas forenses,[45] fue invitado a presenciar también la indagatoria,[46] visto el interés que, como a todos, le inspiraba aquel ruidoso proceso. El escribano y yo nos sentamos juntos, a la izquierda del Juez, y el alcaide[47] y los alguaciles se agruparon a la puerta, no sin que se columbrasen[48] detrás de ellos algunos curiosos a quienes su alta categoría pecunia-

[45] *prácticas forenses:* prácticas de los tribunales de justicia. [46] *indagatoria:* declaración sin juramento que se toma al procesado. [47] *alcaide:* encargado de la custodia de los presos en la cárcel. [48] *columbrasen:* divisasen.

ria[49] había franqueado, para tal solemnidad, la entrada en el temido establecimiento, y que habrían de contentarse con *ver* a la acusada, por no consentir otra cosa el secreto del sumario.[50]

Constituida en esta forma la Audiencia, el Juez tocó la campanilla, y dijo al alcaide:

—Que entre doña Gabriela Zahara.

Yo me sentía morir, y, en vez de mirar a la puerta, miraba a Zarco, para leer en su rostro la solución del pavoroso problema que me agitaba...

Pronto vi a mi amigo ponerse lívido,[51] llevarse la mano a la garganta como para ahogar un rugido de dolor, y volverse hacia mí en demanda de socorro...

—¡Calla! —le dije, llevándome el índice a los labios.

Y luego añadí, con la mayor naturalidad, como respondiendo a alguna observación suya:

—Lo sabía...

El desventurado quiso levantarse...

—¡Señor Juez!... —le dije entonces con tal voz y con tal cara, que comprendió toda la enormidad de sus deberes y de los peligros que corría. Contrájose, pues, horriblemente, como quien trata de soportar un peso extraordinario y, dominándose al fin por medio de aquel esfuerzo, su cara ostentó la inmovilidad de una piedra. A no ser por la calentura de sus ojos, hubiérase dicho que aquel hombre estaba muerto.

¡Y muerto estaba el hombre! ¡Ya no vivía en él más que el magistrado!

[49] *categoría pecuniaria:* categoría en cuanto a riqueza o dinero efectivo.
[50] *sumario:* conjunto de actuaciones preparatorias de un juicio (pruebas, datos, testimonios, etc.), que posibilitan el fallo del tribunal. [51] *lívido:* muy pálido.

Cuando me hube convencido de ello, miré, como todos, a la acusada.

Figuraos ahora mi sorpresa y mi espanto, casi iguales a los del infortunado Juez... ¡*Gabriela Zahara* no era solamente la *Blanca* de mi amigo, su querida de Sevilla, la mujer con quien acababa de reconciliarse en la fonda del León, sino también mi desconocida de Málaga, mi amiga de Granada, la hermosísima americana *Mercedes de Meridanueva!*

Todas aquellas fantásticas mujeres se resumían en una sola, en una indudable, en una real y positiva, en una sobre quien pesaba la acusación de haber matado a su marido, en una que estaba condenada a muerte en rebeldía...

Ahora bien: está acusada, está sentenciada, ¿sería inocente? ¿Lograría sincerarse? ¿Se vería absuelta?

Tal era mi única y suprema esperanza, tal debía ser también la de mi pobre amigo.

XV

EL JUICIO

El Juez es una ley que habla
y la ley un Juez mudo.
La ley debe ser como la muerte,
que no perdona a nadie.

(MONTESQUIEU) [52]

Gabriela —llamémosla, al fin, por su verdadero nombre— estaba sumamente pálida; pero también muy tranquila. Aquella calma, ¿era señal de su inocencia, o comprobaba la insensibilidad propia de los grandes criminales? ¿Confiaba la viuda de don Alfonso en la fuerza de su derecho, o en la debilidad de su Juez?

Pronto salí de dudas.

[52] *Montesquieu.* Charles-Louis de Secondat, barón de Montesquieu (1689-1755). Escritor francés, autor de *Cartas persas* (1721) y *El espíritu de las leyes* (1748).

La acusada no había mirado hasta entonces más que a Zarco, no sé si para infundirle valor y enseñarle a disimular, si para amenazarle con peligrosas revelaciones o si para darle mudo testimonio de que su *Blanca* no podía haber cometido un asesinato... Pero, observando sin duda la tremenda impasibilidad del Juez, debió de sentir miedo, y miró a los demás concurrentes, cual si buscase en otras simpatías auxilio moral para su buena o su mala causa.

Entonces me vio a mí, y una llamarada de rubor, que me pareció de buen agüero, tiñó de escarlata su semblante.

Pero muy luego[53] se repuso, y tornó a su palidez y tranquilidad.

Zarco salió al fin del estupor en que estaba sumido, y, con voz dura y áspera como la vara de la Justicia, preguntó a su antigua amada y prometida esposa:

—¿Cómo se llama usted?

—Gabriela Zarco del Valle de Gutiérrez del Romeral —contestó la acusada con dulce y reposado acento.

Zarco tembló ligeramente. ¡Acababa de oír que su *Blanca* no había existido nunca; y esto se lo decía ella misma! ¡Ella, con quien tres horas antes había concertado de nuevo el antiguo proyecto de matrimonio!

Por fortuna, nadie miraba al Juez, sino que todos tenían fija la vista en Gabriela, cuya singular hermosura y suave y apacible voz considerábanse como indicios de inculpabilidad. ¡Hasta el sencillo traje negro que llevaba parecía declarar en su defensa!

[53] *muy luego:* enseguida.

Repuesto Zarco de su turbación, dijo con formidable acento, y como quien juega de una vez todas sus esperanzas:

—Sepulturero: venga usted, y haga su oficio abriendo ese ataúd...

Y le señalaba la caja negra en que estaba encerrado el cráneo de don Alfonso.

—Usted, señora... —continuó, mirando a la acusada con ojos de fuego—, ¡acérquese, y diga si reconoce esa cabeza!

El sepulturero destapó la caja, y se la presentó abierta a la enlutada viuda.

Ésta, que había dado dos pasos adelante, fijó los ojos en el interior del llamado *ataúd,* y lo primero que vio fue la cabeza del *clavo,* destacándose sobre el marfil de la calavera...

Un grito desgarrador, agudo, mortal, como los que arranca un miedo repentino o como los que preceden a la locura, salió de las entrañas de Gabriela, la cual retrocedió espantada, mesándose los cabellos[54] y tartamudeando a media voz:

—¡Alfonso! ¡Alfonso!

Y luego se quedó como estúpida.

—¡Ella es! —murmuramos todos, volviéndonos hacia Joaquín.

—¿Reconoce usted, pues, el *clavo* que dio muerte a su marido? —añadió el Juez, levantándose con terrible ademán, como si él mismo saliese de la sepultura...

54 *mesándose los cabellos:* tirando de los cabellos, arrancándoselos en señal de dolor.

—Sí, señor.. —respondió Gabriela maquinalmente, con entonación y gesto propios de la imbecilidad.

—¿Es decir, que declara usted haberlo asesinado? —preguntó el Juez con tal angustia, que la acusada volvió en sí, estremeciéndose violentamente.

—Señor... —respondió entonces—. ¡No quiero vivir más! Pero, antes de morir, quiero ser oída...

Zarco se dejó caer en el sillón como anonadado[55] y miróme cual si me preguntara: ¿Qué va a decir?

Yo estaba también lleno de terror.

Gabriela arrojó un profundo suspiro y continuó hablando de este modo:

—Voy a confesar, y en mi propia confesión consistirá mi defensa, bien que no sea bastante a librarme del patíbulo.[56] Escuchad todos. ¿A qué negar lo evidente? Yo estaba sola con mi marido cuando murió. Los criados y el médico lo habrán declarado así. Por tanto, sólo yo pude darle muerte del modo que ha venido a revelar su cabeza, saliendo para ello de la sepultura... ¡Me declaro, pues, autora de tan horrendo crimen!... Pero sabed que un hombre me obligó a cometerlo.

Zarco tembló al escuchar estas palabras: dominó, sin embargo, su miedo, como había dominado su compasión, y exclamó valerosamente:

—¡Su nombre, señora! ¡Dígame pronto el nombre de ese desgraciado!

Gabriela miró al Juez con fanática adoración, como una madre a su atribulado hijo, y añadió con melancólico acento:

[55] *anonadado:* desconcertado. [56] *patíbulo:* lugar en el que se ejecuta a los condenados a muerte.

—¡Podría, con una sola palabra, arrastrarlo al abismo en que me ha hecho caer! ¡Podría arrastrarlo al cadalso, a fin de que no se quedase en el mundo, para maldecirme tal vez al casarse con otra!... ¡Pero no quiero! ¡Callaré su nombre, porque me ha amado y le amo! ¡Y le amo, aunque sé que no hará nada para impedir mi muerte!

El Juez extendió la mano derecha, cual si fuera a adelantarse...

Ella le reprendió con una mirada cariñosa, como diciéndole: ¡Ve que te pierdes!

Zarco bajó la cabeza.

Gabriela continuó:

—Casada a la fuerza con un hombre a quien aborrecía, con un hombre que se me hizo aún más aborrecible después de ser mi esposo, por su mal corazón y por su vergonzoso estado..., pasé tres años de martirio, sin amor, sin felicidad, pero resignada. Un día que daba vueltas por el purgatorio de mi existencia, buscando, a fuer de inocente, una salida, vi pasar, a través de los hierros que me encarcelaban, a uno de esos ángeles que libertan a las almas ya merecedoras del cielo... Asíme a su túnica, diciéndole: *Dame la felicidad...* Y el ángel me respondió: *¡Tú no puedes ser ya dichosa! —¿Por qué?— Porque no lo eres.* ¡Es decir, que el infame que hasta entonces me había martirizado, me impedía volar con aquel ángel al cielo del amor y de la ventura! ¿Concebís absurdo mayor que el de este razonamiento de mi destino? Lo diré más claramente. ¡Había encontrado un hombre digno de mí y de quien yo era digna; nos amábamos, nos adorábamos; pero él, que ignoraba la existencia de mi mal llamado esposo; él, que desde luego pensó en casarse conmigo; él, que no transigía con nada que fuese ilegal o impuro, me amenazaba con abandonarme si no nos casábamos! Érase un hombre excepcional, un dechado de honradez, un carácter severo y nobilísimo, cuya única falta en la vida consistía en haberme querido demasiado... Verdad es que íbamos a tener un hijo ilegítimo; pero también es cierto que ni por un solo instante había dejado de exigirme el cómplice de mi deshonra que nos uniéramos ante Dios... Tengo la seguridad de que si yo le hubiese dicho: *Te he engañado: no soy viuda; mi esposo vive...*, se habría alejado de mí, odiándome y maldiciéndome. Inventé mil excusas, mil sofismas,[57] y a todo me respondía: *¡Sé mi esposa!* Yo no *podía* serlo; creyó que no *quería*, y comenzó a odiarme. ¿Qué hacer? Resistí, lloré, supliqué; pero él, aun después de saber que teníamos un hijo, me repitió que no volvería a verme hasta que le otorgase mi mano. Ahora bien: mi mano estaba vinculada a la vida de un hombre ruin, y entre matarlo a él o causar la desventura de mi hijo, la del hombre que adoraba y la mía propia, opté por arrancar su inútil y miserable vida al que era nuestro verdugo. Maté, pues, a mi marido..., creyendo ejecutar un acto de justicia en el criminal que me había engañado infamemente al casarse conmigo, y —¡castigo de Dios!— me abandonó mi amante... Después hemos vuelto a encontrarnos... ¿Para qué, Dios mío? ¡Ah! ¡Que yo muera pronto!... ¡Sí! ¡Que yo muera pronto!

[57] *sofisma:* razonamiento aparente con que se intenta defender algo falso.

Gabriela calló un momento, ahogada por el llanto.

Zarco había dejado caer la cabeza sobre las manos, cual si meditase; pero yo veía que temblaba como un epiléptico.

—¡Señor Juez! —repitió Gabriela con renovada energía—: ¡Que yo muera pronto!

Zarco hizo una seña para que se llevasen a la acusada.

Gabriela se alejó con paso firme, no sin dirigirme antes una mirada espantosa, en que había más orgullo que arrepentimiento.

XVI

LA SENTENCIA

Excuso referir la formidable lucha que se entabló en el corazón de Zarco, y que duró hasta el día en que volvió a fallar la causa. No tendría palabras con que haceros comprender aquellos horribles combates... Sólo diré que el magistrado venció al hombre, y que Joaquín Zarco volvió a condenar a muerte a Gabriela Zahara.

Al día siguiente fue remitido el proceso en consulta a la Audiencia de Sevilla, y al propio tiempo Zarco se despidió de mí, diciéndome estas palabras:

—Aguárdame acá hasta que yo vuelva... Cuida de la infeliz, pero no la visites, pues tu presencia la humillaría en vez de consolarla. No me preguntes adónde voy, ni temas que cometa el feo delito de suicidarme. Adiós, y perdóname las aflicciones que te he causado.

* * *

Veinte días después, la Audiencia del territorio confirmó la sentencia de muerte.

Gabriela Zahara fue puesta en capilla.

XVII

ÚLTIMO VIAJE

Llegó la mañana de la ejecución sin que Zarco hubiese regresado ni se tuvieran noticias de él.

Un inmenso gentío aguardaba a la puerta de la cárcel la salida de la sentenciada.

Yo estaba entre la multitud, pues si bien había acatado la voluntad de mi amigo no visitando a Gabriela en su prisión, creía de mi deber representar a Zarco en aquel supremo trance, acompañando a su antigua amada hasta el pie del cadalso.

Al verla aparecer, costóme trabajo reconocerla. Había enflaquecido horriblemente, y apenas tenía fuerzas para llevar a sus labios el Crucifijo, que besaba a cada momento.

—Aquí estoy, señora... ¿Puedo servir a usted de algo? —le pregunté cuando pasó cerca de mí.

Clavó en mi faz sus marchitos ojos, y cuando me hubo reconocido, exclamó:

—¡Oh! ¡Gracias! ¡Gracias! ¡Qué consuelo tan grande me proporciona usted en mi última hora! ¡Padre! —añadió, volviéndose a su confesor—: ¿Puedo hablar al paso algunas palabras con este generoso amigo?

—Sí, hija mía... —le respondió el sacerdote—; pero no deje usted de pensar en Dios...

Gabriela me preguntó entonces:

—¿Y él?

—Está ausente...

—¡Hágalo Dios muy feliz! Dígale, cuando lo vea, que me perdone, para que me perdone Dios. Dígale que todavía le amo... aunque el amarle es causa de mi muerte...

—Quiero ver a usted resignada...

—¡Lo estoy! ¡Cuánto deseo llegar a la presencia de mi Eterno Padre! ¡Cuántos siglos pienso pasar llorando a sus pies, hasta conseguir que me reconozca como hija suya y me perdone mis muchos pecados!

Llegamos al pie de la escalera fatal...

Allí fue preciso separarnos.

Una lágrima, tal vez la última que aún quedaba en aquel corazón, humedeció los ojos de Gabriela, mientras que sus labios balbucieron[58] esta frase:

—Dígale usted que muero bendiciéndole...

En aquel momento sintiose viva algazara[59] entre el gentío..., hasta que al cabo percibiéronse claramente las voces de:

—*¡Perdón! ¡Perdón!*

Y por la ancha calle que abría la muchedumbre viose avanzar a un hombre a caballo, con un papel en una mano y un pañuelo blanco en la otra...

[58] *balbucieron:* hablaron con pronunciación entrecortada y vacilante.
[59] *algazara:* vocerío o griterío que suele expresar alegría.

¡Era Zarco!

—*¡Perdón! ¡Perdón!* —venía gritando también él.

Echó al fin pie a tierra, y, acompañado del jefe del cuadro, adelantose hacia el patíbulo.

Gabriela, que ya había subido algunas gradas, se detuvo: miró intensamente a su amante y murmuró:

—¡Bendito seas!

En seguida perdió el conocimiento.

Leído el perdón y legalizado el acto, el sacerdote y Joaquín corrieron a desatar las manos de la indultada.[60]

Pero toda piedad era ya inútil... Gabriela Zahara estaba muerta.

60 *indultada:* que se le ha concedido el perdón.

XVIII

MORALEJA

Zarco es hoy uno de los mejores magistrados[61] de La Habana.

Se ha casado, y puede considerarse feliz; porque la tristeza no es desventura cuando no se ha hecho a sabiendas daño a nadie.

El hijo que acaba de darle su amantísima esposa disipará la vaga nube de melancolía que oscurece a ratos la frente de mi amigo.

Cádiz, 1853.

61 *magistrados:* miembros del tribunal colegiado.

EL CAPITÁN VENENO

G. Bartolé Maura: *Manuel Tamayo y Baus*. Ilustración en *Autores dramáticos contemporáneos*, con prólogo de Emilio Castelar. Tomo II. Madrid, 1881-1886.

Página anterior: Federico de Madrazo: *El general Manuel Mazarredo* (1849, detalle). Madrid, colección particular.

Al Sr. D. Manuel Tamayo y Baus,[1]
Secretario perpetuo de la Real
Academia Española.

Mi muy querido Manuel:

Hace algunas semanas que, entreteniendo nuestros ocios caniculares[2] *en esta sosegada villa de Valdemoro,*[3] *de donde ya vamos a regresar a la vecina corte, hube de referirte la historia de* El Capitán Veneno, *tal y como vivía inédita en el archivo de mi imaginación; y recordarás que, muy prendado del asunto, me excitaste con vivas instancias a que la escribiese, en la seguridad (fueron tus bondadosas palabras) de que me daría materia para una interesante obra.*

Ya está la obra escrita, y hasta impresa; y ahí te la envío. Celebraré no haber defraudado tus esperanzas; y, por sí o por no, te la dedico estratégicamente, poniendo bajo el amparo de

1 *Don Manuel Tamayo y Baus* (1829-1898), escritor dramático, evolucionó del romanticismo al realismo moralizante. Figura como autor de obras muy conocidas: *Locura de amor* (1855); *Lo positivo* (1862); *Un drama nuevo* (1867), etc.
2 *caniculares:* veraniegos. 3 *Valdemoro:* población del sur de Madrid.

tu glorioso nombre, ya que no la forma literaria, el fondo que tan bueno te pareció, de la historia de mi CAPITÁN VENENO.

Adiós, generoso hermano. Sabes cuánto te quiere y te admira tu afectísimo hermano menor,

PEDRO.

Valdemoro, 20 de septiembre de 1881.

PARTE PRIMERA

HERIDAS EN EL CUERPO

Izquierda: Reparto de manifiestos revolucionarios, que prometían reformas para satisfacer al pueblo sublevado (Grabado, 1854). Madrid, Museo Municipal.

Derecha: Retrato del general Ramón María Narváez, Presidente del Consejo de Ministros y Ministro de la Guerra durante el gobierno de Isabel II.

Pág. anterior: A. Bourgeois: *La insurrección de julio* (detalle, 1830). Museo de Versalles.

I

UN POCO DE HISTORIA POLÍTICA

La tarde del 26 de marzo de 1848[4] hubo tiros y cuchilladas en Madrid entre un puñado de paisanos, que, al expirar, lanzaban el hasta entonces extranjero grito de *¡Viva la República!*, y el Ejército de la Monarquía española (traído o creado por Ataúlfo,[5] reconstituido por don Pelayo[6] y reformado por Trastamara[7]) de que a la sazón era jefe visible, en nombre de doña Isabel II,[8] el Presidente del Consejo de Ministros y Ministro de la Guerra, don Ramón María Narváez.[9]

[4] *26 de marzo de 1848:* el 24 de febrero de 1848 se produjo en Francia una revolución que sacudió a Europa. Sus secuelas se dejaron sentir en la España de Isabel II, cuyo gobierno presidía el general Narváez, y se concretaron en distintos altercados callejeros. [5] *Ataúlfo:* primer rey visigodo en España (410-415). [6] *Don Pelayo:* inició la Reconquista tras vencer a los árabes invasores en la batalla de Covadonga (Asturias) en el año 718. [7] *Trastamara:* Enrique de Trastamara, hermano bastardo del rey Pedro I el Cruel, se coronó rey con el nombre de Enrique II tras dar muerte a su hermano en los campos de Montiel (1369). [8] *Isabel II:* hija de Fernando VII y reina de España desde 1833 a 1868. [9] *Ramón María Narváez:* famoso general de la época de Isabel II (1800-1868).

Y basta con esto de historia y de política, y pasemos a hablar de cosas menos sabidas y más amenas, a que dieron origen o coyuntura aquellos lamentables acontecimientos.

II

NUESTRA HEROÍNA

En el piso bajo de la izquierda de una humilde, pero graciosa y limpia casa de la calle de Preciados,[10] calle muy estrecha y retorcida en aquel entonces, y teatro de la refriega en tal momento, vivían solas, esto es, sin la compañía de hombre ninguno, tres buenas y piadosas mujeres, que mucho se diferenciaban entre sí en cuanto al ser físico y estado social, puesto que éranse que se eran una señora mayor viuda, guipuzcoana, de aspecto grave y distinguido; una hija suya, joven, soltera, natural de Madrid, y bastante guapa, aunque de tipo diferente al de la madre (lo cual daba a entender que había salido en todo a su padre), y una doméstica,[11] imposible de filiar o describir, sin edad, figura ni casi sexo determinables, bautizada, hasta cierto punto, en Mondoñedo,[12] y a la cual ya hemos hecho demasiado favor (como también se

[10] *calle de Preciados:* popular y comercial vía madrileña que desemboca en la Puerta del Sol. [11] *doméstica:* empleada de hogar, sirvienta. [12] *Mondoñedo:* municipio de la provincia de Lugo.

lo hizo aquel señor cura) con reconocer que pertenecía a la especie humana...

La mencionada joven parecía el símbolo o representación, viva y con faldas, del sentido común: tal equilibrio había entre su hermosura y su naturalidad, entre su elegancia y su sencillez, entre su gracia y su modestia. Facilísimo era que pasase inadvertida por la vía pública, sin alborotar a los galanteadores de oficio, pero imposible que nadie dejara de admirarla y de prendarse de sus múltiples encantos, luego que fijase en ella la atención. No era, no (o, por mejor decir, no quería ser), una de esas beldades llamativas, aparatosas, fulminantes, que atraen todas las miradas no bien se presentan en un salón, teatro o paseo, y que comprometen o anulan al pobrete que las acompaña, sea novio, sea marido, sea padre, sea el mismísimo preste Juan de las Indias...[13] Era un conjunto sabio y armónico de perfecciones físicas y morales, cuya prodigiosa regularidad no entusiasmaba al pronto, como no entusiasman la paz ni el orden; o como acontece con los monumentos bien proporcionados, donde nada nos choca ni maravilla hasta que formamos juicio de que, si todo resulta llano, fácil y natural, consiste en que todo es igualmente bello. Dijérase que aquella diosa honrada de la clase media había estudiado su modo de vestirse, de peinarse, de mirar, de moverse, de conllevar, en fin, los tesoros de su espléndida juventud, en tal forma y manera, que no se la creyese pagada en sí

[13] *preste Juan de las Indias:* antiguo título del emperador de Etiopía, famoso por sus riquezas.

misma, ni presuntuosa ni incitante, sino muy diferente de las deidades por casar que hacen feria de sus hechizos y van por esas calles de Dios diciendo a todo el mundo: *Esta casa se vende..., o se alquila.*

Pero no nos detengamos en floreos ni dibujos, que es mucho lo que tenemos que referir, y poquísimo el tiempo de que disponemos.

III

NUESTRO HÉROE

Los republicanos disparaban contra la tropa desde la esquina de la calle de Peregrinos,[14] y la tropa disparaba contra los republicanos desde la Puerta del Sol,[15] de modo y forma que las balas de una y otra procedencia pasaban por delante de las ventanas del referido piso bajo, si ya no era que iban a dar en los hierros de sus rejas, haciéndoles vibrar con estridente ruido e hiriendo de rechazo persianas, maderas y cristales.

Igualmente profundo, aunque vario en su naturaleza y expresión, era el terror que sentían la madre... y la criada. Temía la noble viuda, primero por su hija, después por el resto del género humano, y en último término por sí propia; y temía la gallega, ante todo, por su querido pellejo; en segundo lugar, por su estómago y por el de sus amas, pues la tinaja del agua estaba casi

[14] *calle de Peregrinos:* en la actualidad no existe con este nombre. Quizá se trate de la calle de Galdo, entre la calle de Preciados y la calle del Carmen.
[15] *Puerta del Sol:* famosa plaza situada en el centro de Madrid.

vacía y el panadero no había parecido con el pan de la tarde, y en tercer lugar, un poquitillo por los soldados o paisanos hijos de Galicia que pudieran morir o perder algo en la contienda. Y no hablamos del terror de la hija, porque, ya lo neutralizase la curiosidad, ya no tuviese acceso en su alma, más varonil que femenina, era el caso que la gentil doncella, desoyendo consejos y órdenes de su madre, y lamentos o aullidos de la criada, ambas escondidas en los aposentos interiores, se escurría de vez en cuando a las habitaciones que daban a la calle, y hasta abría las maderas de alguna reja, para formar exacto juicio del ser y estado de la lucha.

En una de estas asomadas, peligrosas por todo extremo, vio que las tropas habían ya avanzado hasta la puerta de aquella casa, mientras que los sediciosos retrocedían hacia la plaza de Santo Domingo,[16] no sin continuar haciendo fuego por escalones, con admirable serenidad y bravura. Y vio asimismo que a la cabeza de los soldados, y aun de los oficiales y jefes, se distinguía, por su enérgica y denodada[17] actitud y por las ardorosas frases con que los arengaba a todos, un hombre como de cuarenta años, de porte fino y elegante, y delicada y bella, aunque dura, fisonomía; delgado y fuerte como un manojo de nervios; más bien alto que bajo, y vestido medio de paisano, medio de militar. Queremos decir que llevaba gorra de cuartel con los tres galoncillos de la insignia de capitán; levita y pantalón civiles, de paño negro; sable de oficial de Infantería, y canana y

[16] *plaza de Santo Domingo:* plaza madrileña, próxima a la Puerta del Sol. La calle de Preciados une a ambas plazas. [17] *denodada:* esforzada, intrépida.

escopeta de *cazador...*, no del Ejército, sino de conejos y perdices.

Mirando y admirando estaba precisamente la madrileña a tan singular personaje, cuando los republicanos hicieron una descarga sobre él, por considerarlo, sin duda, más temible que todos los otros, o suponerlo general, ministro o cosa así, y el pobre capitán, o lo que fuera, cayó al suelo, como herido de un rayo y con la faz bañada en sangre, en tanto que los revoltosos huían alegremente, muy satisfechos de su hazaña, y que los soldados echaban a correr detrás de ellos, anhelando vengar al infortunado caudillo...

Quedó, pues, la calle sola y muda, y en medio de ella, tendido y desangrándose, aquel buen caballero, que acaso no había expirado todavía, y a quien manos solícitas y piadosas pudieran tal vez librar de la muerte... La joven no vaciló un punto: corrió adonde estaban su madre y la doméstica; explicoles el caso; díjoles que en la calle de Preciados no había ya tiros; tuvo que batallar, no tanto con los prudentísimos reparos de la generosa guipuzcoana, como con el miedo puramente animal de la informe gallega, y a los pocos minutos las tres mujeres transportaban en peso a su honesta casa, y colocaban en la alcoba de honor de la salita principal, sobre la lujosa cama de la viuda, el insensible cuerpo de aquel que, si no fue el verdadero protagonista de la jornada del 26 de marzo, va a serlo de nuestra particular historia.

«a los pocos minutos las tres mujeres transportaban en peso a su honesta casa [...] el insensible cuerpo de aquel que, si no fue el verdadero protagonista de la jornada del 26 de marzo, va a serlo de nuestra particular historia.»

I. III. Nuestro héroe [pág. 100]

José María Mallol Suazo: ilustración para *El capitán Veneno*.
Barcelona, 1945.

«—El tiro que sonó primero —prosiguió diciendo la llamada Angustias—, y a que han contestado las tropas de la Puerta de Sol, debió de dispararlo desde la buhardilla del número 19 un hombre muy feo [...].»

I. IV. El pellejo propio y el ajeno [pág. 102]

Anónimo: La Puerta del Sol antes de las reformas de 1856.

IV

EL PELLEJO PROPIO
Y EL AJENO

Poco tardaron en conocer las caritativas hembras que el gallardo capitán no estaba muerto, sino meramente privado de conocimiento y sentidos por resultas de un balazo que le había dado de refilón en la frente, sin profundizar casi nada en ella. Conocieron también que tenía atravesada y acaso fracturada la pierna derecha, y que no debía descuidarse ni por un momento aquella herida, de la cual fluía mucha sangre. Conocieron, en fin, que lo único verdaderamente útil y eficaz que podían hacer por el desventurado era llamar en seguida a un facultativo...[18]

—Mamá —dijo la valerosa joven—, a dos pasos de acá, en la acera de enfrente, vive el doctor Sánchez... ¡Que Rosa vaya y le haga venir! Todo es asunto de un momento, y sin que en ello se corra ningún peligro...

[18] *facultativo:* médico.

En esto sonó un tiro muy próximo, al que siguieron cuatro o seis, disparados a un tiempo y a mayor distancia. Después volvió a reinar profundo silencio.

—¡Yo no voy! —gruñó la criada—. Esos que oyéronse ahora fueron también tiros, y las señoras no querrán que me fusilen al cruzar la calle.

—¡Tonta! ¡En la calle no ocurre nada! —replicó la joven, quien acababa de asomarse a una de las rejas.

—¡Quítate de ahí, Angustias! —gritó la madre, reparando en ello.

—El tiro que sonó primero —prosiguió diciendo la llamada Angustias—, y a que han contestado las tropas de la Puerta de Sol, debió de dispararlo desde la buhardilla del número 19 un hombre muy feo, a quien estoy viendo volver a cargar el trabuco... Las balas, por consiguiente, pasan ahora muy altas, y no hay peligro alguno en atravesar nuestra calle. ¡En cambio, fuera la mayor de las infamias que dejásemos morir a este desgraciado por ahorrarnos una ligera molestia!

—Yo iré a llamar al médico —dijo la madre, acabando de vendar a su modo la pierna rota del capitán.

—¡Eso no! —gritó la hija, entrando en la alcoba—. ¿Qué se diría de mí? ¡Iré yo, que soy más joven y ando más de prisa! ¡Bastante has padecido tú ya en este mundo con las dichosas guerras!

—Pues, sin embargo, ¡tú no vas! —replicó imperiosamente la madre.

—¡Ni yo tampoco! —añadió la criada.

—¡Mamá, déjame ir! ¡Te lo pido por la memoria de mi padre! ¡Yo no tengo alma para ver desangrarse a este valiente, cuando podemos salvarlo! ¡Mira, mira de qué poco le sirven tus vendas!... La sangre gotea ya por debajo de los colchones.

—¡Angustias! ¡Te he dicho que no vas!

—No iré, si no quieres; pero, madre mía, piensa en que mi pobre padre, tu noble y valeroso marido, no habría muerto, como murió desangrado, en medio de un bosque, la noche de una acción, si alguna mano misericordiosa hubiese restañado[19] la sangre de sus heridas...

—¡Angustias!

—Mamá... ¡Déjame! ¡Yo soy tan aragonesa[20] como mi padre, aunque he nacido en este pícaro Madrid! Además, no creo que a las mujeres se nos haya otorgado ninguna bula[21] dispensándonos de tener tanta vergüenza y tanto valor como los hombres.

Así dijo aquella buena moza; y no se había repuesto su madre del asombro, acompañado de sumisión moral o involuntario aplauso, que le produjo tan soberano arranque, cuando Angustias estaba ya cruzando impávidamente la calle de Preciados.

[19] *hubiese restañado:* hubiese detenido el derrame de sangre. [20] Hace alusión al proverbial carácter obstinado de los aragoneses. [21] *bula:* documento pontificio por el que se otorgaba una gracia o privilegio.

V

TRABUCAZO

—¡Mire usted, señora! ¡Mire qué hermosa va! —exclamó la gallega, batiendo palmas y contemplando desde la reja a nuestra heroína...

Pero, ¡ay!, en aquel mismo instante sonó un tiró muy próximo; y como la pobre viuda, que también se había acercado a la ventana, viera a su hija detenerse y tentarse la ropa, lanzó un grito desgarrador y cayó de rodillas, casi privada de sentido.

—¡No diéronle![22] ¡No diéronle! —gritaba en tanto la sirvienta—. ¡Ya entra en la casa de enfrente! Repórtese la señora...

Pero ésta no la oía. Pálida como una difunta, luchaba con su abatimiento, hasta que, hallando fuerzas en el propio dolor, alzóse medio loca y corrió a la calle..., en medio de la cual se encontró con la impertérrita[23] Angustias, que ya regresaba seguida del médico.

22 *¡No diéronle!:* No le dieron. 23 *impertérrita:* que nada le intimida.

Con verdadero delirio se abrazaron y besaron madre e hija, precisamente sobre el arroyo de sangre vertida por el capitán, y entraron al fin en la casa, sin que en aquellos primeros momentos se enterase nadie de que las faldas de la joven estaban agujereadas por el alevoso[24] trabucazo que le disparó el hombre de la buhardilla al verla atravesar la calle...

La gallega fue quien no sólo reparó en ello, sino que tuvo la crueldad de pregonarlo.

—¡Diéronle! ¡Diéronle! —exclamó con su gramática de Mondoñedo—.[25] ¡Bien hice yo en no salir! ¡Buenos *forados*[26] habrían abierto las balas en mis tres refajos!

Imaginémonos un punto el renovado terror de la pobre madre, hasta que Angustias la convenció de que estaba ilesa. Básteos saber que, según iremos viendo, la infeliz guipuzcoana no había de gozar hora de salud desde aquel espantoso día... Y acudamos ahora al malparado capitán, a ver qué juicio forma de sus heridas el diligente y experto doctor Sánchez.

[24] *alevoso:* hecho a traición. [25] *gramática de Mondoñedo:* forma de expresarse propia de Mondoñedo. [26] *forados:* aberturas más o menos redondas.

VI

DIAGNÓSTICO Y PRONÓSTICO

Envidiable reputación tenía aquel facultativo, y justificola de nuevo en la rápida y feliz primera cura que hizo a nuestro héroe, restañando la sangre de sus heridas con medicinas caseras, y reduciéndole y entablillándole la fractura de la pierna sin más auxiliares que las tres mujeres. Pero como expositor de su ciencia no se lució tanto, pues el buen hombre adolecía del vicio oratorio de Pedro Grullo.[27]

Desde luego, respondió de que el capitán no moriría, «dado que saliese antes de veinticuatro horas de aquel profundo amodorramiento», indicio de una grave conmoción cerebral causada por la lesión que en la frente le había producido un proyectil oblicuo (disparado con arma de fuego, sin quebrantarle, aunque sí contundiéndole,[28] el hueso frontal), «precisamente en el sitio en que tenía la herida, a consecuencia de nuestras desgraciadas

[27] Se refiere al dicho «Verdades de Pero Grullo»; o sea, verdades evidentes.
[28] *contundiéndole:* golpeándole.

discordias civiles y de haberse mezclado aquel hombre en ellas»; añadiendo en seguida, por vía de glosa,[29] que si la susodicha conmoción cerebral no cesaba dentro del plazo marcado, el capitán moriría sin remedio, «en señal de haber sido demasiado fuerte el golpe del proyectil; y que, respecto a si cesaría o no cesaría la tal conmoción antes de las veinticuatro horas, se reservaba su pronóstico hata la tarde siguiente».

Dichas estas verdades de a folio,[30] recomendó muchísimo, y hasta con pesadez (sin duda por conocer bien a las hijas de Eva[31]), que cuando el herido recobrase el conocimiento no le permitieran hablar, ni le hablaran ellas de cosa alguna, por urgente que les pareciese entrar en conversación con él; dejó instrucciones verbales y recetas escritas para todos los casos y accidentes que pudieran sobrevenir; quedó en volver al otro día,[32] aunque también hubiese tiros, a fuer de[33] hombre tan cabal como buen médico y como inocente orador, y se marchó a su casa, por si le llamaban para otro apuro semejante; no, empero,[34] sin aconsejar a la conturbada viuda que se acostara temprano, pues no tenía el pulso en caja,[35] y era muy posible que le entrase una poca fiebre *al llegar* la noche... (que ya había *llegado).*

[29] *por vía de glosa:* a modo de explicación complementaria. [30] *verdades de a folio:* verdades muy claras. [31] *a las hijas de Eva* (perífrasis o circunloquio): «a las mujeres». [32] *al otro día:* al día siguiente. [33] *a fuer de:* en razón de, en virtud de. [34] *empero:* sin embargo. [35] *no tenía el pulso en caja:* no tenía el pulso en orden.

VII

EXPECTACIÓN

Serían las tres de la madrugada, y la noble señora, aunque en efecto, se sentía muy mal, continuaba a la cabecera de su enfermo huésped, desatendiendo los ruegos de la infatigable Angustias, quien no sólo velaba también, sino que todavía no se había sentado en toda la noche.

Erguida y quieta como una estatua, permanecía la joven al pie del ensangrentado lecho, con los ojos fijos en el rostro blanco y afilado, semejante al de un Cristo de marfil, de aquel valeroso guerrero a quien admiró tanto por la tarde, y de esta manera esperaba con visible zozobra a que el sin ventura despertara de aquel profundo letargo,[36] que podía terminar en la muerte.

La dichosísima gallega era quien roncaba, si había que roncar, en la mejor butaca de la sala, con la vacía frente clavada en las rodillas, por no haber caído en la

[36] *letargo:* sueño, desmayo.

cuenta de que aquella butaca tenía un espaldar muy a propósito para reclinar en él el occipucio.[37]

Varias observaciones o conjeturas habían cruzado la madre y la hija, durante aquella larga velada, acerca de cuál podría ser la calidad originaria del capitán, cuál su carácter, cuáles sus ideas y sentimientos. Con la nimiedad[38] de atención que no pierden las mujeres ni aun en las más terribles y solemnes circunstancias, habían reparado en la finura de la camisa, en la riqueza del reloj, en la pulcritud de la persona y en las coronitas de marqués de los calcetines del paciente. Tampoco dejaron de fijarse en una muy vieja medalla de oro que llevaba al cuello bajo sus vestiduras, ni en que aquella medalla representaba a la Virgen del Pilar de Zaragoza; de todo lo cual se alegraron sobremanera, sacando en limpio que el capitán era persona de clase y de buena y cristiana educación. Lo que naturalmente respetaron fue el interior de sus bolsillos, donde tal vez habría cartas o tarjetas que declarasen su nombre y las señas de su casa; declaraciones que esperaban en Dios podría hacerles él mismo cuando recobrase el conocimiento y la palabra, en señal de que le quedaban días que vivir...

Mientras tanto, y aunque la refriega política había concluido por entonces, quedando victoriosa la Monarquía, oíase de tiempo en tiempo, ora algún tiro remoto y sin contestación, como solitaria protesta de tal o cual republicano no convertido por la metralla, ora el sonoro trotar de las patrullas de caballería que ronda-

[37] *occipucio:* parte de la cabeza por la que ésta se une al cuerpo. [38] *nimiedad:* minuciosidad.

ban, asegurando el orden público; rumores ambos lúgubres y fatídicos, y muy tristes de escuchar desde la cabecera de un militar herido y casi muerto.

VIII

INCONVENIENTES DE LA «GUÍA DE FORASTEROS»[39]

Así las cosas, y a poco de sonar las tres y media en el reloj del Buen Suceso[40] el capitán abrió súbitamente los ojos; paseó una hosca mirada por la habitación, fijola sucesivamente en Angustias y en su madre, con cierta especie de terror pueril, y balbuceó desapaciblemente:

—¿Dónde diablos estoy?

La joven se llevó un dedo a los labios, recomendándole que guardara silencio; pero a la viuda le había sentado muy mal la segunda palabra de aquella interrogación, y apresuróse a responder:

—Está usted en lugar honesto y seguro, o sea en casa de la generala Barbastro, condesa de Santurce, servidora de usted.

[39] *Guía de forasteros:* libro oficial que mostraba la nómina de los miembros de la nobleza, las personas importantes y las autoridades que ejercían los principales cargos del Estado. [40] *reloj del Buen Suceso:* reloj de la iglesia de Nuestra Señora del Buen Suceso, de Madrid.

—¡Mujeres! ¡Qué diantre...![41] —tartamudeó el capitán, entornando los ojos, como si volviese a su letargo.

Pero muy luego se notó que ya respiraba con la libertad y fuerza del que duerme tranquilo.

—¡Se ha salvado! —dijo Angustias muy quedamente—. Mi padre estará contento de nosotras.

—Rezando estaba por su alma... —contestó la madre—. ¡Aunque ya ves que el primer saludo de nuestro enfermo nos ha dejado mucho que desear!

—Me sé de memoria —profirió con lentitud el capitán, sin abrir los ojos— el escalafón del Estado Mayor General del Ejército español, inserto en la *Guía de Forasteros*, y en él no figura, ni ha figurado en este siglo, ningún general Barbastro.

—¡Le diré a usted!... —exclamó vivamente la viuda—. Mi difunto marido...

—No le contestes ahora, mamá... —interrumpió la joven, sonriéndose—. Está delirando, y hay que tener cuidado con su pobre cabeza. ¡Recuerda los encargos del doctor Sánchez!

El capitán abrió sus hermosos ojos; miró a Angustias muy fijamente, y volvió a cerrarlos, diciendo con mayor lentitud:

—¡Yo no deliro nunca, señorita! ¡Lo que pasa es que digo siempre la verdad a todo el mundo, caiga el que caiga!

Y dicho esto, sílaba por sílaba, suspiró profundamente, como muy fatigado de haber hablado tanto, y comenzó a roncar de un modo sordo, cual si agonizase.

41 *¡Qué diantre!*: ¡Qué diablo!

—¿Duerme usted, capitán? —le preguntó muy alarmada la viuda.

El herido no respondió.

IX

MÁS INCONVENIENTES DE LA «GUÍA DE FORASTEROS»

—Dejémosle que repose... —dijo Angustias en voz baja, sentándose al lado de su madre—. Y supuesto que ahora no puede oírnos, permíteme, mamá, que te advierta una cosa... Creo que no has hecho bien en contarle que eres condesa y generala...

—¿Por qué?

—Porque..., bien lo sabes, no tenemos recursos suficientes para cuidar y atender a una persona como ésta, del modo que lo harían condesas y generalas *de verdad*.

—¿Qué quiere decir *de verdad?* —exclamó vivamente la guipuzcoana—. ¿También tú vas a poner en duda mi categoría? ¡Yo soy tan condesa como la del Montijo,[42] y tan generala como la de Espartero![43]

[42] *la de Montijo:* María Francisca de Salas y Portocarrero, condesa de Montijo y madre de la famosa Eugenia de Montijo (1826-1920), esposa del emperador francés Napoleón III. [43] *la de Espartero:* se refiere a la esposa de Baldomero Espartero (1793-1878), general que firmó el convenio de Vergara en nombre de los liberales.

—Tienes razón; pero hasta que el Gobierno resuelva en este sentido el expediente de tu viudedad, seguiremos siendo muy pobres...

—¡No tan pobres! Todavía me quedan mil reales de los pendientes de esmeraldas, y tengo una gargantilla de perlas con broche de brillantes, regalo de mi abuelo, que vale más de quinientos duros, con los cuales nos sobra para vivir hasta que se resuelva mi expediente, que será antes de un mes, y para cuidar a este hombre como Dios manda, aunque la rotura de la pierna obligue a estar acá dos o tres meses... Ya sabes que el oficial del Consejo opina que me alcanzan los beneficios del artículo 10 del Convenio de Vergara,[44] pues, aunque tu padre murió con anterioridad, consta que ya estaba de acuerdo con Maroto...

—Santurce... Santurce... ¡Tampoco figura este condado en la *Guía de Forasteros*! —murmuró borrosamente el capitán, sin abrir los ojos.

Y luego, sacudiendo de pronto su letargo, y llegando hasta incorporarse en la cama, dijo con voz entera y vibrante, como si ya estuviese bueno:

—¡Vamos claros, señora! Yo necesito saber dónde estoy y quiénes son ustedes... ¡A mí no me gobierna ni me engaña nadie! ¡Diablo, y cómo me duele esta pierna!

—Señor capitán, ¡usted nos insulta! —exclamó la generala destempladamente.

—¡Vaya, capitán!... Estese usted quieto, y calle... —dijo al mismo tiempo Angustias con suavidad, aun-

[44] *Convenio de Vergara:* pacto firmado en 1839 entre el general Espartero, en representación de los ejércitos liberales, y el general carlista Rafael Maroto (1783-1847).

que con enojo—. Su vida correrá mucho peligro si no guarda usted silencio o si no permanece inmóvil. Tiene usted rota la pierna derecha, y una herida en la frente, que le ha privado a usted de sentido más de diez horas...

—¡Es verdad! —exclamó el raro personaje, llevándose las manos a la cabeza y tentando las vendas que le había puesto el médico—. ¡Esos pícaros me han herido! Pero ¿quién ha sido el imprudente que me ha traído a una casa ajena, teniendo yo la mía y habiendo hospitales militares y civiles? ¡A mí no me gusta incomodar a nadie, ni deber favores, que maldito si merezco ni quiero merecer! Yo estaba en la calle de Preciados....

—Y en la calle de Preciados está usted, número 14, cuarto bajo... —interrumpió la guipuzcoana, desentendiéndose de las señas que le hacía su hija para que callase—. ¡Nosotras no necesitamos que nos agradezca usted cosa alguna, pues no hemos hecho nada ni haremos más que lo que manda Dios y la caridad ordena! Por lo demás, está usted en una casa decente. Yo soy doña Teresa Carrillo de Albornoz y Azpeitia, viuda del general carlista don Luis Gonzaga de Barbastro, *convenido en Vergara*... (¿Entiende usted? *Convenido en Vergara, aunque fuese de un modo virtual, retrospectivo e implícito,*[45] como en mis instancias se dice). El cual debió su título de conde de Santurce a un Real nombramiento de don Carlos V,[46] que tiene que revalidar doña Isabel II, al

[45] *virtual, retrospectivo e implícito:* términos propios del lenguaje administrativo. *Virtual:* que tiene posibilidad de producir un efecto; *restrospectivo:* que se refiere al pasado; *implícito:* incluido. [46] *Carlos V:* nombre con el que reinó el pretendiente don Carlos, hermano de Fernando VII, en el territorio carlista.

tenor[47] del artículo 10 del Convenio de Vergara. ¡Yo no miento nunca, ni uso nombres supuestos, ni me propongo con usted otra cosa que cuidarlo y salvar su vida, ya que la Providencia me ha confiado este encargo!...

—Mamá, no le des cuerda... —observó Angustias—. Ya ves que, en lugar de aplacarse, se dispone a contestarte con mayor ímpetu... ¡Y es que el pobre está malo... y tiene la cabeza débil! ¡Vamos, señor capitán! Tranquilícese usted, y mire por su vida...

Tal dijo la noble doncella con su gravedad acostumbrada. Pero el capitán no se amansó por ello, sino que la miró de hito en hito[48] con mayor furia, como acosado jabalí a quien arremete nuevo y más temible adversario, y exclamó valerosísimamente:

47 *al tenor:* en atención al contenido. 48 *de hito en hito:* con la mirada fija.

X

EL CAPITÁN SE DEFINE A SÍ PROPIO

—¡Señorita!... En primer lugar, yo no tengo la cabeza débil ni la he tenido nunca, y prueba de ello es que no ha podido atravesármela una bala. En segundo lugar, siento muchísimo que me hable usted con tanta conmiseración y blandura, pues yo no entiendo de suavidades, zalamerías ni melindres.[49] Perdone usted la rudeza de mis palabras, pero cada uno es como Dios lo ha criado, y a mí no me gusta engañar a nadie. ¡No sé por qué ley de mi naturaleza prefiero que me peguen un tiro a que me traten con bondad! Advierto a ustedes, por consiguiente, que no me cuiden con tanto mimo, pues me harán reventar en esta cama en que me ha atado mi mala ventura... Yo no he nacido para recibir favores, ni para agradecerlos o pagarlos; por lo cual he procurado siempre no tratar con mujeres, ni con niños, ni con san-

[49] *zalamerías:* demostración de cariño afectada; *melindres:* delicadeza afectada y excesiva.

turrones, ni con ninguna otra gente pacífica y dulzona... Yo soy un hombre atroz, a quien nadie ha podido aguantar, ni de muchacho, ni de joven, ni de viejo, que principio a ser. ¡A mí me llaman en todo Madrid el *Capitán Veneno*! Conque pueden ustedes acostarse, y disponer, en cuanto sea de día, que me conduzcan en una camilla al Hospital General. He dicho.

—¡Jesús, qué hombre! —exclamó horrorizada doña Teresa.

—¡Así debían ser todos! —respondió el capitán—. ¡Mejor andaría el mundo, o ya se habría parado hace mucho tiempo!

Angustias volvió a sonreírse.

—¡No se sonría usted, señorita; que eso es burlarse de un pobre enfermo, incapacitado de huir para librarla a usted de su presencia! —continuó diciendo el herido, con algún asomo de melancolía—. ¡Harto sé[50] que les pareceré a ustedes muy mal criado; pero crean que no lo siento mucho! ¡Sentiría, por el contrario, que me estimasen ustedes digno de aprecio, y que luego me acusasen de haberlas tenido en un error! ¡Oh! Si yo cogiera al infame que me ha traído a esta casa, nada más que a fastidiar a ustedes y a deshonrarme...

—Trajímosle en peso yo y la señora y la señorita... —pronunció la gallega, a quien habían despertado y atraído las voces de aquel energúmeno—. El señor estaba desangrándose a la puerta de casa, y entonces la señorita se ha condolido[51] de él. Yo también me condolí algo. Y como también se había condolido la señora, car-

[50] *¡Harto sé!:* demasiado sé. [51] *se ha condolido:* se ha compadecido.

gamos entre las tres con el señor, ¡que vaya si pesa, tan cenceño[52] como parece!

El capitán había vuelto a amostazarse[53] al ver en escena a otra mujer; pero la relación de la gallega le impresionó tanto, que no pudo menos de exclamar:

—¡Lástima que no hayan ustedes hecho esta buena obra por un hombre mejor que yo! ¿Qué necesidad tenían de conocer al empecatado *Capitán Veneno*?

Doña Teresa miró a su hija, como para significarle que aquel hombre era mucho menos malo y feroz de lo que él creía, y se halló con que Angustias seguía sonriéndose con exquisita gracia, en señal de que opinaba lo mismo.

Entretanto, la elegíaca[54] gallega decía lacrimosamente:

—¡Pues más lástima le daría al señor si supiese que la señorita fue en persona a llamar al médico para que curase esos dos balazos, y que, cuando la pobre iba por mitad del arroyo, tiráronle un tiro que..., mire usted..., le ha agujereado la basquiña![55]

—Yo no se lo hubiera contado a usted nunca, señor capitán, por miedo de irritarlo... —expuso la joven, entre modesta y burlona, o sea bajando los ojos y sonriendo con mayor gracia que antes—. Pero como esta Rosa se lo habla todo, no puedo menos de suplicar a usted me perdone el susto que causé a mi querida madre, y que todavía tiene a la pobre con calentura.

El capitán estaba espantado, con la boca abierta, mirando alternativamente a Angustias, a doña Teresa y

[52] *cenceño:* delgado, enjuto. [53] *amostazarse:* irritarse, enojarse. [54] *elegíaca:* lastimera. [55] *basquiña:* saya que llegaba hasta los pies, por lo general negra y con pliegues.

a la criada, y cuando la joven dejó de hablar, cerró los ojos, dio una especie de rugido, y exclamó, levantando al cielo los puños:

—¡Ah, crueles! ¡Cómo siento el puñal en la herida! ¿Conque las tres os habéis propuesto que sea vuestro esclavo o vuestro hazmerreír? ¿Conque tenéis empeño en hacerme llorar o decir ternezas? ¿Conque estoy perdido si no logro escaparme? ¡Pues me escaparé! ¡No faltaba más sino que, al cabo de mis años, viniera yo a ser juguete de la tiranía de tres mujeres de bien! ¡Señora! —prosiguió con gran énfasis, dirigiéndose a la viuda—. ¡Si ahora mismo no se acuesta usted, y no toma, después de acostada, una taza de tila con flor de azahar, me arranco todos estos vendajes y trapajos, y me muero en cinco minutos, aunque Dios no quiera! En cuanto a usted, señorita Angustias, hágame el favor de llamar al sereno y decirle que vaya a casa del marqués de los Tomillares, Carrera de San Francisco,[56] número..., y le participe que su primo don Jorge de Córdoba le espera en esta casa gravemente herido. En seguida se acostará usted también, dejándome en poder de esta insoportable gallega, que me dará de vez en cuando agua con azúcar, único socorro que necesitaré hasta que venga mi primo Álvaro. Conque lo dicho, señora condesa: principie usted por acostarse.

La madre y la hija se guiñaron, y la primera respondió apaciblemente:

—Voy a dar a usted ejemplo de obediencia y de juicio. Buenas noches, señor capitán; hasta mañana.

56 *Carrera de San Francisco:* vía de Madrid que va desde la calle de Bailén a la plaza Puerta de Moros.

—También yo quiero ser obediente... —añadió Angustias, después de apuntar el verdadero nombre del *Capitán Veneno* y las señas de la casa de su primo—. Pero como tengo mucho sueño, me permitirá usted que deje para mañana el enviar ese atento recado al señor marqués de los Tomillares. Buenos días, señor don Jorge: hasta luego. ¡Cuidadito con no moverse!

—¡Yo no me quedo sola con este señor! —gritó la gallega—. ¡Su genio de demonio póneme el cabello de punta, y háceme temblar como una cervata![57]

—Descuida, hermosa... —respondió el capitán—; que contigo seré más dulce y amable que con tu señorita.

Doña Teresa y Angustias no pudieron menos de soltar la carcajada al oír esta primera salida de buen humor de su inaguantable huésped.

Y véase por qué arte y modo, escenas tan lúgubres y trágicas como las de aquella tarde y aquella noche, vinieron a tener por remate y coronamiento un poco de júbilo y alegría. ¡Tan cierto resulta que en este mundo todo es fugaz y transitorio, así la felicidad como el dolor, o, por mejor decir, que de tejas abajo[58] no hay bien ni mal que cien años dure!

[57] *cervata:* cría del ciervo menor de seis meses. [58] *de tejas abajo* (expresión coloquial): en el ámbito humano.

PARTE SEGUNDA

VIDA DEL HOMBRE MALO

«—¡Mi señorita no acostumbra a enamorarse de nadie! Desde que estoy acá ha dado calabazas a un boticario de la calle Mayor, que tiene coche; al abogado del pleito de la señora, que es millonario, aunque algo más viejo que usted, y a tres o cuatro paseantes del Buen Retiro...»

II. VII. Los pretendientes de Angustias [pág. 147]

Manuel Castellano: *El patio de caballeros de la antigua Plaza de Toros de Madrid* (detalle, 1853) Madrid, Casón del Buen Retiro.

Pág. anterior: Leonardo Alenza: Tertulia (detalle). Madrid, Museo Lázaro Galdiano.

I

LA SEGUNDA CURA

A las ocho de la mañana siguiente, que, por la misericordia de Dios, no ofreció ya señales de barricadas ni de tumulto (misericordia que había de durar hasta el 7 de mayo[59] de aquel mismo año, en que ocurrieron las terribles escenas de la plaza Mayor), hallábase el doctor Sánchez en casa de la llamada condesa de Santurce poniendo el aparato definitivo en la pierna rota del *Capitán Veneno.*

A éste le había dado aquella mañana por callar. Sólo había abierto hasta entonces la boca, antes de comenzarse la dolorosa operación, para dirigir dos breves y ásperas interpelaciones a doña Teresa y a Angustias, contestando a sus afectuosos *buenos días.*

[59] *7 de mayo de 1848:* en esta fecha se produce un segundo intento revolucionario, tras el de marzo, en Madrid y en varias ciudades españolas; en la capital participan incluso fuerzas militares del cuartel de San Mateo. El propio general Narváez, que intervino en el combate, logró acorralar a los sublevados en la Plaza Mayor hasta que se rindieron.

Dijo a la madre:

—¡Por los clavos de Cristo, señora! ¿Para qué se ha levantado usted estando mala? ¿Para que sean mayores mi sofocación y mi vergüenza? ¿Se ha propuesto usted matarme a fuerza de cuidados?

Y dijo a Angustias:

—¿Qué importa que yo esté mejor o peor? ¡Vamos al grano! ¿Ha enviado usted a llamar a mi primo para que me saquen de aquí y nos veamos todos libres de impertinencias y ceremonias?

—¡Sí, señor *Capitán Veneno*! Hace media hora que la portera le llevó el recado... —contestó muy tranquilamente la joven, arreglándole las almohadas.

En cuanto a la inflamable condesa, excusado es decir que había vuelto a picarse con su huésped al oír aquellos nuevos exabruptos. Resolvió, por tanto, no dirigirle más la palabra, y se limitó a hacer hilas y vendas y a preguntar una vez y otra, con vivo interés, al impasible doctor Sánchez, cómo encontraba al *herido* (sin dignarse nombrar a éste), y si llegaría a quedarse cojo, y si a las doce podría tomar caldo de pollo y jamón, y si era cosa de enarenar la calle para que no le molestara el ruido de los coches, etc., etc.

El facultativo, con su ingenuidad acostumbrada, aseguró que del balazo de la frente nada había ya que temer, gracias a la enérgica y saludable naturaleza del enfermo, en quien no quedaba síntoma alguno de conmoción ni fiebre cerebral; pero su diagnóstico no fue tan favorable respecto a la fractura de la pierna. Calificóla nuevamente de grave y peligrosísima, por estar la tibia muy destrozada, y recomendó a don Jorge absoluta inmovilidad si quería librarse de una amputación y aun de la misma muerte...

Habló el doctor en términos tan claros y rudos, no sólo por falta de arte para disfrazar sus ideas, sino porque ya había formado juicio del carácter voluntarioso y turbulento de aquella especie de niño consentido. Pero a fe que no consiguió asustarlo; antes bien, le arrancó una sonrisa de incredulidad y de mofa.

Las asustadas fueron las tres buenas mujeres: doña Teresa, por pura humanidad; Angustias, por cierto empeño hidalgo y de amor propio que ya tenía en curar y domesticar a tan heroico y raro personaje; y la criada, por terror instintivo a todo lo que fuera sangre, mutilación y muerte.

Reparó el capitán en la zozobra de sus enfermeras, y saliendo de la calma con que estaba soportando la curación, dijo furiosamente al doctor Sánchez:

—¡Hombre! ¡Podía usted haberme notificado a solas todas esas sentencias! ¡El ser buen médico no releva de tener buen corazón! ¡Dígolo, porque ya ve usted qué cara tan larga y tan triste ha hecho poner a mis tres Marías![60]

Aquí tuvo que callar el paciente, dominado por el terrible dolor que le causó el médico al juntarle el hueso partido.

—¡Bah, bah! —continuó luego—. ¡Para que yo me quedase en esta casa! ¡Precisamente no hay nada que me subleve tanto como ver llorar a las mujeres!

60 *mis tres Marías:* referencia a las tres Marías que acudieron al sepulcro de Jesús y recibieron el anuncio de la resurrección de Cristo: María Magadalena, María Salomé y María, madre del apóstol Santiago.

El pobre capitán se calló otra vez y mordiose los labios algunos instantes, aunque sin lanzar ni un suspiro...

Era indudable que padecía mucho.

—Por lo demás, señora... —concluyó dirigiéndose a doña Teresa—, ¡figúraseme que no hay motivo para que me eche usted esas miradas de odio, pues ya no puede tardar en venir mi primo Álvaro, y las librará a ustedes del *Capitán Veneno*!... Entonces verá este señor doctor... (¡cáspita, hombre, no apriete usted tanto!), qué bonitamente, sin pararse en eso de la *inmovilidad* (¡caracoles, qué mano tan dura tiene usted!), me llevan cuatro soldados a mi casa en una camilla y terminan todas estas escenas de convento de monjas. ¡Pues no faltaba más! ¡Calditos a mí! ¡A mí sustancia de pollo! ¡A mí enarenarme la calle! ¿Soy yo acaso algún militar de alfeñique para que se me trate con tantos mimos y ridiculeces?

Iba a responder doña Teresa, apelando al ímpetu belicoso en que consistía su única debilidad (y sin hacerse cargo, por supuesto, de que el pobre don Jorge estaba sufriendo horriblemente), cuando, por fortuna, llamaron a la puerta y Rosa anunció al marqués de los Tomillares.

—¡Gracias a Dios! —exclamaron todos a un mismo tiempo, aunque con diverso tono y significado.

Y era que la llegada del marqués había coincidido con la terminación de la cura.

Don Jorge sudaba de dolor.

Diole Angustias un poco de agua y vinagre, y el herido respiró alegremente, diciendo:

—Gracias, prenda.

En esto llegó el marqués a la alcoba, conducido por la generala.

II

IRIS DE PAZ

Era don Álvaro de Córdoba y Álvarez de Toledo un hombre sumamente distinguido, todo afeitado, y afeitado ya a aquella hora; como de sesenta años de edad; de cara redonda, pacífica y amable, que dejaba traslucir el sosiego y benignidad de su alma, y tan pulcro, simétrico y atildado en el vestir, que parecía la estatua del método y del orden.

Y cuenta que iba muy conmovido y atropellado por la desgracia de su pariente; pero ni aun así se mostró descompuesto ni faltó en un ápice[61] a la más escrupulosa cortesía. Saludó correctísimamente a Angustias, al doctor y hasta un poco a la gallega, aunque ésta no le había sido presentada por la señora de Barbastro, y entonces, y sólo entonces, dirigió al capitán una larga mirada de padre austero y cariñoso, como reconviniéndole y consolándole a la par, y aceptando, ya que

[61] *ápice:* punto muy reducido.

no el origen, las consecuencias de aquella nueva calaverada.

Entretanto, doña Teresa, y sobre todo la locuacísima Rosa (que cuidó mucho de nombrar varias veces a su ama con los dos títulos en pleito), enteraron *velis nolis*[62] al ceremonioso marqués de todo lo acontecido en la casa y sus cercanías desde que la tarde anterior sonó el primer tiro hasta aquel mismísimo instante, sin omitir la repugnancia de don Jorge a dejarse cuidar y compadecer por las personas que le habían salvado la vida.

Luego que dejaron de hablar la generala y la gallega, interrogó el marqués al doctor Sánchez, el cual le informó acerca de las heridas del capitán en el sentido que ya conocemos, insistiendo en que no debía trasladársele a otro punto, so pena de comprometer su curación y hasta su vida.

Por último, el buen don Álvaro se volvió hacia Angustias en ademán interrogante, o sea explorando si quería añadir alguna cosa a la relación de los demás; y, viendo que la joven se limitaba a hacer un leve saludo negativo, tomó su excelencia las precauciones nasales y laríngeas, así como la expedita y grave actitud de quien se dispusiese a hablar en un Senado (era senador), y dijo, entre serio y afable...

(Pero este discurso debe ir en pieza separada, por si alguna vez lo incluyen en las *Obras completas* del marqués, quien también era literato... de los apellidados de «orden».)

[62] *velis nolis* (expresión latina): quieras o no quieras.

III

PODER DE LA ELOCUENCIA

Señores: en medio de la tribulación que nos aflige, y prescindiendo de consideraciones políticas acerca de los tristísimos acontecimientos de ayer, paréceme que en modo alguno podemos quejarnos...

—¡No te quejes tú, si es que nada te duele!... Pero ¿cuándo me toca a mí hablar? —interrumpió el *Capitán Veneno.*

—¡A ti, nunca, mi querido Jorge! —le respondió el marqués suavemente—. Te conozco demasiado para necesitar que me expliques tus actos positivos o negativos. ¡Bástame con el relato de estos señores!

El capitán, en quien ya se había notado el profundo respeto... o desprecio con que sistemáticamente se abstenía de llevar la contraria a su ilustre primo, cruzó los brazos a lo filósofo, clavó la vista en el techo de la alcoba y se puso a silbar el himno de Riego.[63]

[63] *el himno de Riego:* himno que tiene su origen en la sublevación del general Rafael de Riego (1785-1823) contra Fernando VII, en 1820.

—Decía... —prosiguió el marqués— que de lo peor ha sucedido lo mejor. La nueva desgracia que se ha buscado mi incorregible y muy amado pariente don Jorge de Córdoba, a quien nadie mandaba echar su cuarto a espadas[64] en el jaleo de ayer tarde (pues que está de reemplazo,[65] según costumbre, y ya podía haber escarmentado de meterse en libros de caballería), es cosa que tiene facilísimo remedio, o que lo tuvo, felizmente, en el momento oportuno, gracias al heroísmo de esta gallarda señorita, a los caritativos sentimientos de mi señora la generala Barbastro, condesa de Santurce, a la pericia del digno doctor en Medicina y Cirugía señor Sánchez, cuya fama érame conocida hace muchos años, y al celo de esta diligente servidora...

Aquí la gallega se echó a llorar.

—Pasemos a la parte dispositiva... —continuó el marqués, en quien, por lo visto, predominaba el órgano de la clasificación y el deslinde y que, de consiguiente, hubiera podido ser un gran perito agrónomo—. Señoras y señores: supuesto que, a juicio de la ciencia, de acuerdo con el sentido común, fuera muy peligroso mover de ese hospitalario lecho a nuestro interesante enfermo y primo hermano mío don Jorge de Córdoba, me resigno a que continúe perturbando esta sosegada vivienda hasta tanto que pueda ser trasladado a la mía o a la suya. Pero entiéndase que todo ello es partiendo de la base, ¡oh querido pariente!, de que tu generoso corazón y el ilustre nombre que llevas sabrán hacerte

[64] *echar su cuarto a espadas* (modismo): intervenir o entrometerse en un asunto. [65] *de reemplazo:* sin plaza efectiva en su cuerpo, pero con opción a ella en las vacantes que se produzcan.

prescindir de ciertos resabios de colegio, cuartel y casino, y ahorrar descontentos y sinsabores a la respetable dama y a la digna señorita que, eficazmente secundadas por su activa y robusta doméstica, te libraron de morir en mitad de la calle... ¡No me repliques! ¡Sabes que yo pienso mucho las cosas antes de proveer, y que nunca revoco[66] mis propios autos! Por lo demás, la señora generala y yo hablaremos a solas (cuando le sea cómodo, pues yo no tengo nunca prisa) acerca de insignificantes pormenores de conducta, que darán forma natural y admisible a lo que siempre será, en el fondo, una gran caridad de su parte... Y como quiera que ya he dilucidado por medio de este ligero discurso, para el cual no venía preparado, todos los aspectos y fases de la cuestión, ceso por ahora en el ejercicio de la palabra. He dicho.

El capitán seguía silbando el himno de Riego, y aun creemos que el de Bilbao y el de Maella,[67] con los iracundos ojos fijos en el techo de la alcoba, que no sabemos cómo no principió a arder o no se vino al suelo.

Angustias y su madre, al ver derrotado a su enemigo, habían procurado dos o tres veces llamarle la atención, a fin de calmarlo o consolarlo con su mansa y benévola actitud, pero él les había contestado por medio de rápidos y agrios gestos, muy parecidos a juramentos de venganza, tornando en seguida a su patriótica música, con expresión más viva y ardorosa.

[66] *revoco:* dejo sin efecto. [67] *el de Bilbao y el de Maella:* el himno de Bilbao surgió a raíz del ataque carlista a Bilbao; el de Maella fue compuesto en memoria de la batalla de Maella (1838), entre carlistas e isabelinos.

Dijérase que era un loco en presencia de su *loquero,* pues no otro oficio que este último representaba el marqués en aquel cuadro.

IV

PREÁMBULOS INDISPENSABLES

Retiróse en esto el doctor Sánchez, quien, a fuer de experimentado fisiológo y psicólogo, todo lo había comprendido y calificado, cual si se tratase de autómatas y no de personas, y entonces el marqués pidió de nuevo a la viuda que le concediese unos minutos de audiencia particular.

Doña Teresa le condujo a su gabinete, situado al extremo opuesto de la sala, y una vez establecidos allí en sendas butacas los dos sexagenarios, comenzó el hombre de mundo por pedir agua templada con azúcar, alegando que le fatigaba hablar dos veces seguidas desde que pronunció en el Senado un discurso de tres días en contra de los ferrocarriles y los telégrafos; pero, en realidad, lo que se propuso al pedir el agua fue dar tiempo a que la guipuzcoana le explicase qué generalato y qué condado eran aquellos de que el buen señor no tenía anterior noticia, y que hacían mucho al caso, dado que iban a tratar de dinero.

¡Pueden imaginarse los lectores con cuánto gusto se explayaría la pobre mujer en tal materia, a poco que le hurgó don Álvaro!... Refirió su expediente de pe a pa, sin olvidar aquello del derecho *virtual, retrospectivo e implícito...* a tener qué comer, que le asistía, con sujeción al artículo 10 del Convenio de Vergara; y cuando ya no le quedó más que decir y comenzó a abanicarse en señal de tregua, apoderóse de la palabra el marqués de los Tomillares, y habló en los términos siguientes:

(Pero bueno será que vaya también por separado su interesante relación, modelo de análisis expositivo, que podrá figurar en la Sección vigésima de sus obras, titulada *Cosas de mis parientes, amigos y servidores.)*

V

HISTORIA DEL CAPITÁN

—Tiene usted, señora condesa, la mala fortuna de albergar en su casa a uno de los hombres más enrevesados e inconvenientes que Dios ha echado al mundo. No diré yo que me parezca enteramente un demonio pero sí que se necesita ser de pasta de ángeles, o quererlo, como yo lo quiero, por ley natural y por lástima, para aguantar sus impertinencias, ferocidades y locuras. ¡Bástele a usted saber que las gentes disipadas y poco asustadizas con quienes se reúne en el Casino y en los cafés le han puesto por mote el *Capitán Veneno,* al ver que siempre está hecho un basilisco[68] y dispuesto a romperse la crisma[69] con todo bicho viviente por un quítame allá esas pajas! Úrgeme, sin embargo, advertir a usted, para su tranquilidad personal y la de su familia, que es casto y hombre de honor y vergüenza, no

[68] *basilisco:* animal fabuloso que, según la leyenda, mataba con la vista.
[69] *romperse la crisma:* romperse la cabeza.

sólo incapaz de ofender el pudor de ninguna señora, sino excesivamente huraño[70] y esquivo con el bello sexo. Digo más: en medio de su perpetua iracundia, todavía no ha hecho verdadero daño a nadie, como no sea a sí propio, y por lo que a mí toca, ya habrá usted visto que me trata con el acatamiento y el cariño debidos a una especie de hermano mayor o segundo padre... Pero, aun así y todo, repito que es imposible vivir a su lado, según lo demuestra el hecho elocuentísimo de que, hallándose él soltero y yo viudo, y careciendo el uno y el otro de más parientes, arrimos o presuntos y eventuales herederos, no habite en mi demasiado anchurosa casa, como habitaría el muy necio si lo desease; pues yo, por naturaleza y educación, soy muy sufrido, tolerante y complaciente con las personas que respetan mis gustos, hábitos, ideas, horas, sitios y aficiones. Esta misma blandura de mi carácter es a todas luces lo que nos hace incompatibles en la vida íntima, según han demostrado ya diferentes ensayos; pues a él le exasperan las formas suaves y corteses, las escenas tiernas y cariñosas, y todo lo que no sea rudo, áspero, fuerte y belicoso. ¡Ya se ve! Crióse sin madre y hasta sin nodriza... (Su madre murió al darlo a luz, y su padre, por no lidiar con amas de leche, le buscó una cabra..., por lo visto montés, que se encargase de amamantarlo). Se educó en colegios, como interno, desde el punto y hora que lo destetaron; pues su padre, mi pobre hermano Rodrigo, se suicidó al poco tiempo de enviudar. Apuntóle el bozo[71] haciendo la gue-

[70] *huraño:* que huye y se esconde de las gentes. [71] *el bozo:* vello que nace a los jóvenes sobre el labio superior antes de aparecer la barba.

rra en América, entre salvajes, y de allí vino a tomar partido en nuestra discordia civil de los siete años.[72] Ya sería general, si no hubiese reñido con todos sus superiores desde que le pusieron los cordones de cadete, y los pocos grados y empleos que ha obtenido hasta ahora, le han costado prodigios de valor y no sé cuántas heridas; sin lo cual no habría sido propuesto para recompensa por sus jefes, siempre enemistados con él a causa de las amargas verdades que acostumbra a decirles. Ha estado en arresto dieciséis veces, y cuatro en diferentes castillos; todas ellas por insubordinación.[73] ¡Lo que nunca ha hecho ha sido pronunciarse![74] Desde que se acabó la guerra se halla constantemente de reemplazo; pues si bien he logrado, en mis épocas de favor político, proporcionarle tal o cual colocación en oficinas militares, regimientos, etc., a las veinticuatro horas ha vuelto a ser enviado a su casa. Dos ministros de la Guerra han sido desafiados por él, y no le han fusilado todavía por respeto a mi nombre y a su indisputable valor. Sin embargo, de todos estos horrores, y en vista de que había jugado al tute,[75] en el pícaro Casino del Príncipe, su escaso caudal, y de que la paga de reemplazo no le bastaba para vivir con arreglo a su clase, ocurrióseme, hace siete años, la peregrina idea de nombrarle contador[76] de mi casa y hacienda, rápidamente desvinculadas por la muerte sucesiva de los tres últi-

[72] *discordia civil de los siete años:* se refiere a la primera Guerra Carlista que se desarrolló entre los años 1833 y 1840. [73] *insubordinación:* falta de subordinación a los superiores. [74] *pronunciarse:* alzarse militarmente contra el Gobierno. [75] *tute:* popular juego de cartas. [76] *contador:* contable o persona que lleva los libros de contabilidad.

mos poseedores (mi padre y mis hermanos Alfonso y Enrique), y muy decaídas y arruinadas a consecuencia de estos mismos frecuentes cambios de dueño. ¡La Providencia me inspiró, sin duda alguna, pensamiento tan atrevido! Desde aquel día mis asuntos entraron en orden y prosperidad: antiguos e infieles administradores perdieron su puesto o se convirtieron en santos, y al año siguiente se habían duplicado mis rentas, casi cuadruplicadas en la actualidad, por el desarrollo que Jorge ha dado a la ganadería... ¡Puedo decir que hoy tengo los mejores carneros del Bajo Aragón,[77] y todos están a la orden de usted! Para realizar tales prodigios, hale bastado a ese tronera[78] con una visita que giró a caballo por todos mis estados (llevando en la mano el sable a guisa de bastón), y con una hora que va cada día a las oficinas de mi casa. Devenga allí un sueldo de treinta mil reales; y no le doy más porque todo lo que le sobra, después de comer y vestir, únicas necesidades que tiene (y ésas con sobriedad y modestia), lo pierde al tute el último día de cada mes... De su paga de reemplazo no hablemos, dado que siempre está afecta a las costas de alguna sumaria por desacato a la autoridad... En fin: a pesar de todo, yo lo amo y compadezco, como a un mal hijo..., y no habiendo logrado tenerlos buenos ni malos en mis tres nupcias,[79] y debiendo de ir a parar a él, por ministerio de la ley, mi título nobiliario, pienso dejarle todo mi saneado caudal; cosa que el muy necio no se imagina, y que Dios me libre de que llegue a saber, pues, de

[77] *Bajo Aragón:* comarca situada al E. de Aragón, entre Zaragoza y Teruel.
[78] *tronera:* calavera, persona de vida libertina. [79] *nupcias:* casamientos.

saberlo, dimitiría su cargo de contador, o trataría de arruinarme, para que nunca le juzgara interesado personalmente en mis aumentos. ¡Creerá, sin duda, el desdichado, fundándose en apariencias y murmuraciones calumniosas, que pienso testar en favor de cierta sobrina de mi última consorte, y yo le dejo en su equivocación, por las razones antedichas!... ¡Figúrese usted, pues, su chasco el día que herede mis nueve millocejos! ¡Y qué ruido meterá con ellos en el mundo! ¡Tengo la seguridad de que, a los tres meses, o es presidente del Consejo de Ministros y ministro de la Guerra, o lo ha pasado por las armas el general Narváez! Mi mayor gusto hubiera sido casarlo, a ver si el matrimonio lo amansaba y domesticaba y yo le debía, lateralmente, más dilatadas esperanzas de sucesión para mi título de marqués; pero ni Jorge puede enamorarse, ni lo confesaría aunque se enamorara, ni mujer ninguna podría vivir con semejante erizo.[80] Tal es, imparcialmente retratado, nuestro famoso *Capitán Veneno;* por lo que suplico a usted tenga paciencia para aguantarle algunas semanas, en la seguridad de que yo sabré agradecer todo lo que hagan ustedes por su salud y por su vida, como si lo hicieran por mí mismo.

El marqués sacó y desdobló el pañuelo al terminar esta parte de su oración, y se lo pasó por la frente, aunque no sudaba... Volvió en seguida a doblarlo simétricamente, se lo metió en el bolsillo posterior izquierdo de la levita, aparentó beber un sorbo de agua, y dijo así, cambiando de actitud y de tono:

80 *erizo:* persona de carácter intratable.

VI

LA VIUDA DEL CABECILLA

—Hablemos ahora de pequeñeces, impropias, hasta cierto punto, de personas de nuestra posición; pero en que hay que entrar forzosamente. La fatalidad, señora condesa, ha traído a esta casa, e impide salir de ella en cuarenta o cincuenta días, a un extraño para ustedes, a un desconocido, a un don Jorge de Córdoba, de quien nunca habían oído hablar, y que tiene un pariente millonario... Usted no es rica, según acaba de contarme...

—¡Lo soy! —interrumpió violentamente la guipuzcoana.

—No lo es usted...; cosa que la honra mucho, puesto que su magnánimo esposo se arruinó defendiendo la más noble causa... ¡Yo, señora, soy también algo carlista!

—¡Aunque fuera usted el mismísimo don Carlos! ¡Hábleme de otro asunto, o demos por terminada esta conversación! ¡Pues no faltaba más, sino que yo aceptara el dinero ajeno para cumplir con mis deberes de cristiana!

—Pero, señora, usted no es médico, ni boticario, ni...

—¡Mi bolsillo es todo eso para su primo de usted! Las muchas veces que mi esposo cayó herido defendiendo a don Carlos (menos la última, que, indudablemente en castigo de estar ya de acuerdo con el traidor Maroto,[81] no halló quien lo auxiliara, y murió desangrado en medio de un bosque), fue socorrido por campesinos de Navarra y Aragón, que no aceptaron reintegro ni regalo alguno... ¡Lo mismo haré yo con don Jorge de Córdoba, quiera o no quiera su millonaria familia!

—Sin embargo, condesa, yo no puedo aceptar... —observó el marqués entre complacido y enojado.

—¡Lo que no podrá usted nunca es privarme de la alta honra que el cielo me deparó ayer! Contábame mi difunto esposo que, cuando un buque mercante o de guerra descubre en la soledad del mar y salva de la muerte a algún náufrago, se recibe a éste a bordo con honores reales, aunque sea el más humilde marinero. La tripulación sube a las vergas;[82] tiéndese rica alfombra en la escala de estribor;[83] y la música y los tambores baten la Marcha Real de España...[84] ¿Sabe usted por qué? ¡Porque en aquel náufrago ve la tripulación a un enviado de la Providencia! ¡Pues lo mismo haré yo con su primo de usted! ¡Yo pondré a sus plantas toda mi pobreza por vía de alfombra, como pondría miles de millones si lo tuviese!

[81] *el traidor Maroto:* al general Maroto se le tuvo por traidor por firmar el convenio de Vergara en contra de la voluntad del pretendiente don Carlos.
[82] *vergas:* percha o madero atravesado al cual se asegura el extremo de la vela de un barco. [83] *estribor:* banda derecha del navío, mirando de popa a proa.
[84] *Marcha Real de España:* antigua Marcha de Granaderos, de origen incierto.

—¡Generala! —exclamó el marqués llorando a lágrima viva—. ¡Permítame usted besarle la mano!

—¡Y permite, querida mamá, que yo te abrace llena de orgullo! —añadió Angustias, que había oído toda la conversación desde la puerta de la sala.

Doña Teresa se echó también a llorar al verse tan aplaudida y celebrada. Y como la gallega, reparando en que otros gemían, no desperdiciara tampoco la ocasión de sollozar (sin saber por qué), armóse allí tal confusión de pucheros, suspiros y bendiciones, que más vale volver la hoja, no sea que los lectores salgan también llorando a moco tendido[85] y yo me quede sin público a quien seguir contando mi pobre historia...

[85] *llorando a moco tendido* (modismo): llorando copiosamente.

VII

LOS PRETENDIENTES DE ANGUSTIAS

—¡Jorge! —dijo el marqués al *Capitán Veneno,* penetrando en la alcoba con aire de despedida—. ¡Ahí te dejo! La señora generala no ha consentido en que corran a nuestro cargo ni tan siquiera el médico y la botica; de modo que vas a estar aquí como en casa de tu propia madre, si viviese. Nada te digo de la obligación en que te hallas de tratar a estas señoras con afabilidad y buenos modos, al tenor de tus buenos sentimientos, de los que no dudo, y de los ejemplos de urbanidad y cortesía que te tengo dados; pues es lo menos que puedes y debes hacer en obsequio de personas tan principales y caritativas. A la tarde volveré yo por aquí, si mi señora la condesa me da permiso para ello, y haré que te traigan ropa blanca, las cosas más urgentes que tengas que firmar y cigarrillos de papel. Dime si quieres algo más de tu casa o de la mía.

—¡Hombre! —respondió el capitán—. Ya que eres tan bueno, tráeme un poco de algodón en rama y unos anteojos ahumados.

—¿Para qué?

—El algodón, para taparme las orejas y no oír palabras ociosas, y las gafas ahumadas, para que nadie lea en mis ojos las atrocidades que pienso.

—¡Vete al diantre! —respondió el marqués, sin poder conservar su gravedad, como tampoco pudieron refrenar la risa doña Teresa ni Angustias.

Y con esto, se despidió de ellas el potentado, dirigiéndoles las frases más cariñosas y expresivas, cual si llevara ya mucho tiempo de conocerlas y tratarlas.

—¡Excelente persona! —exclamó la viuda, mirando de reojo al capitán.

—¡Muy buen señor! —dijo la gallega, guardándose una moneda de oro que el marqués le había regalado.

—¡Un zascandil! —gruñó el herido, encarándose con la silenciosa Angustias—. ¡Así es como las señoras mujeres quisieran que fuesen todos los hombres! ¡Ah, traidor! ¡Seráfico! ¡Cumplimentero! ¡Marica! ¡Tertuliano de monjas! ¡No me moriré yo sin que me pague esta mala partida que me ha jugado hoy, al dejarme en poder de mis enemigos! ¡En cuanto me ponga bueno, me despediré de él y de su oficina, y pretenderé una plaza de comandante de presidios, para vivir entre gentes que no me irriten con alardes de honradez y sensibilidad! Oiga usted, señorita Angustias: ¿quiere usted decirme por qué se está riendo de mí? ¿Tengo yo alguna danza de monos en la cara?

—¡Hombre! Me río pensando en lo muy feo que va usted a estar con los anteojos ahumados.

—¡Mejor que mejor! ¡Así se librará usted del peligro de enamorarse de mí! —respondió furiosamente el capitán.

Angustias soltó la carcajada; doña Teresa se puso verde, y la gallega rompió a decir, con la velocidad de diez palabras por segundo:

—¡Mi señorita no acostumbra a enamorarse de nadie! Desde que estoy acá ha dado calabazas a un boticario de la calle Mayor,[86] que tiene coche; al abogado del pleito de la señora, que es millonario, aunque algo más viejo que usted, y a tres o cuatro paseantes del Buen Retiro...[87]

—¡Cállate, Rosa! —dijo melancólicamente la madre—. ¿No conoces que ésas son... flores que nos echa el caballero capitán? ¡Por fortuna, ya me ha explicado su señor primo todo lo que me importaba saber respecto del carácter de nuestro amabilísimo huésped! Me alegro, pues, de verle de tan buen humor; y ¡así esta pícara fatiga me permitiese a mí bromear también!

El capitán se había quedado bastante mohíno,[88] y como excogitando[89] alguna disculpa o satisfacción que dar a madre e hija. Pero, sólo se le ocurrió decir, con voz y cara de niño enfurruñado que se viene a razones:

—Angustias, cuando me duela menos esta condenada pierna, jugaremos al tute arrastrado... ¿Le parece a usted bien?

—Será para mí un señalado honor... —contestó la joven, dándole la medicina que le tocaba en aquel ins-

[86] *Calle Mayor:* famosa vía madrileña que une la Puerta del Sol con la calle de Bailén. [87] *el Buen Retiro:* parque madrileño con espléndidos jardines. [88] *mohíno:* disgustado. [89] *excogitando:* buscando mediante la reflexión o meditación.

tante— ¡Pero cuente usted desde ahora, señor *Capitán Veneno,* con que le acusaré a usted las cuarenta![90]

Don Jorge la miró con ojos estúpidos, y sonrió dulcemente por la primera vez de su vida.

[90] *le acusaré las cuarenta:* puntuación extra que se obtiene, en ocasiones, en el juego del tute arrastrado; aquí con el doble sentido de «decirle lo que piensa aunque moleste».

PARTE TERCERA

HERIDAS EN EL ALMA

«–[...] ¡Cuando salga a la calle, he de llevarlo a usted a los toros [...]!»
III. I. Escaramuzas [pág. 151]

Laurent: *Lagartijo en la plaza de Goya* (h.1880).

Pág. anterior: Jehan Dusegneur: *Orlando furioso* (bronce, detalle, 1831). París, El Louvre.

I

ESCARAMUZAS

Entre conversaciones y pendencias por este orden, pasaron quince o veinte días, y adelantó mucho la curación del capitán. En la frente sólo le quedaba ya una breve cicatriz, y el hueso de la pierna se iba consolidando.

—¡Este hombre tiene carne de perro! —solía decir el facultativo.

—¡Gracias por el favor, matasanos de Lucifer![91] —respondía el capitán en son de afectuosa franqueza—. ¡Cuando salga a la calle, he de llevarlo a usted a los toros y a las riñas de gallos, pues es usted todo un hombre!... ¡Cuidado si tiene hígados para remendar cuerpos rotos!

Doña Teresa y su huésped habían acabado también por tomarse mucho cariño, aunque siempre estaban peleándose. Negábale todos los días don Jorge que tuviese hechura la concesión de la viudedad, lo cual

[91] *Lucifer:* príncipe de los ángeles rebeldes o demonios.

sacaba de sus casillas a la guipuzcoana; pero a renglón seguido la invitaba a sentarse en la alcoba, y le decía que, ya que no con los títulos de *general* ni de *conde,* había oído citar varias veces en la guerra civil al *cabecilla Barbastro* como a uno de los jefes carlistas más valientes y distinguidos y de sentimientos más humanos y caballerosos... Pero cuando la veía triste y taciturna, por consecuencia de sus cuidados y achaques, se guardaba de darle bromas sobre el expediente, y la llamaba con toda naturalidad *generala* y *condesa,* cosa que la restablecía y alegraba en el acto; si ya no era que, como nacido en Aragón, y para recordar a la pobre viuda sus amores con el difunto carlista, le tarareaba jotas de aquella tierra, que acababan por entusiasmarla y por hacerle llorar y reír juntamente.

Estas amabilidades del *Capitán Veneno,* y sobre todo el canto de la jota aragonesa, eran privilegio exclusivo en favor de la madre; pues tan luego como Angustias se acercaba a la alcoba, cesaban completamente, y el enfermo ponía cara de turco.[92] Dijérase que odiaba de muerte a la hermosa joven, tal vez por lo mismo que nunca lograba disputar con ella, ni verla incomodada, ni que tomase por lo serio las atrocidades que él le decía, ni sacarla de aquella seriedad un poco burlona que el cuitado calificaba de *constante insulto.*

Era de notar, sin embargo, que cuando alguna mañana tardaba Angustias en entrar a darle los buenos días, el pícaro de don Jorge preguntaba cien veces en su estilo de hombre tremendo.

92 *cara de turco:* mala cara, cara de pocos amigos.

—¿Y *ésa*? ¿Y *doña Náuseas*? ¿Y esa remolona?[93] ¿No ha despertado aún su señoría? ¿Por qué ha permitido que se levante usted tan temprano, y no ha venido ella a traerme el chocolate? Dígame usted, señora doña Teresa: ¿está mala acaso la joven princesa de Santurce?

Todo esto, si se dirigía a la madre; y, si era a la gallega, decíale con mayor furia:

—¡Oye y entiende, monstruo de Mondoñedo! Dile a tu insoportable señorita que son las ocho y tengo hambre. ¡Que no es menester que venga tan peinada y reluciente como de costumbre! ¡Que de todos modos la detestaré con mis cinco sentidos! ¡Y, en fin, que si no viene pronto, hoy no habrá tute!

El tute era una comedia, y hasta un drama diario. El capitán lo jugaba mejor que Angustias; pero Angustias tenía más suerte, y los naipes acababan por salir volando hacia el techo o hacia la sala, desde las manos de aquel niño cuarentón, que no podía aguantar la graciosísima calma con que le decía la joven:

—¿Ve usted, señor *Capitán Veneno,* cómo soy yo la única persona que ha nacido en el mundo para acusarle a usted las cuarenta?

93 *remolona:* que intenta evitar el trabajo o la realización de algo.

II

SE PLANTEA LA CUESTIÓN

Así las cosas, una mañana, sobre si debían abrirse o no los cristales de la reja de la alcoba, por hacer un magnífico día de primavera, mediaron entre don Jorge y su hermosa enemiga palabras tan graves como las siguientes:

EL CAPITÁN.—¡Me vuelve loco el que no me lleve usted nunca la contraria, ni se incomode al oírme decir disparates! ¡Usted me desprecia! ¡Si fuera usted hombre, juro que habíamos de andar a cuchilladas!

ANGUSTIAS. —Pues si yo fuese hombre, me reiría de todo ese geniazo, lo mismo que me río siendo mujer. Y, sin embargo, seríamos muy buenos amigos...

EL CAPITÁN.—¡Amigos usted y yo! ¡Imposible! Usted tiene el don infernal de dominarme y exasperarme con su prudencia; yo no llegaría a ser nunca *amigo* de usted, sino su *esclavo;* y, por no serlo, le propondría a usted que nos batiéramos a muerte. Todo esto... siendo usted hombre. Siendo mujer como lo es...

ANGUSTIAS.—¡Continúe! ¡No me escatime galanterías!

EL CAPITÁN.—¡Sí, señora! ¡Voy a hablarle con toda franqueza! Yo he tenido siempre aversión instintiva a las mujeres, enemigas naturales de la fuerza y de la dignidad del hombre, como lo acreditan Eva, Armida,[94] aquella otra bribona que peló a Sansón,[95] y muchas otras que cita mi primo. Pero, si hay algo que me asuste más que una mujer, es una señora, y, sobre todo, una señorita inocente y sensible, con ojos de paloma y labios de rosicler,[96] con talle de serpiente del Paraíso y voz de sirena engañadora, con manecitas blancas como azucenas, que ocultan garras de tigre, y lágrimas de cocodrilo, capaces de engañar y perder a todos los santos de la corte celestial... Así es que mi sistema constante se ha reducido a huir de ustedes... Porque, dígame: ¿qué armas tiene un hombre de mi hechura para tratar con una tirana de veinte abriles, cuya fuerza consiste en su propia debilidad? ¿Es decorosamente posible pegarle a una mujer? ¡De ningún modo! Pues, entonces, ¿qué camino le queda a uno, cuando conozca que tal o cual mocosilla, muy guapa y puesta en sus puntos, lo domina y gobierna, y lo lleva y lo trae como a un zarandillo?[97]

ANGUSTIAS.—¡Lo que yo hago cuando usted me dice estas atrocidades tan graciosas! ¡Agradecerlas..., y sonreír! Porque ya habrá usted observado que yo no soy

[94] *Armida:* maga bella y seductora que, con sus poderes, retuvo en su palacio de las Islas Afortunadas a los caballeros que intentaban rescatar el Santo Sepulcro. Aparece como personaje en la obra de Torcuato Tasso: *Jerusalén libertada.* [95] *Sansón:* personaje bíblico de enorme fuerza, virtud que residía en sus cabellos. En las guerras de los israelitas contra los filisteos reveló el secreto a Dalila, su mujer filistea, y ésta lo traicionó: le cortó los cabellos y lo entregó a sus enemigos. [96] *rosicler:* color rosado y claro de la aurora. [97] *lo trae como a un zarandillo:* lo trae de una parte a otra, a su capricho.

llorona...; razón por la cual, en su retrato de *las Angustias* sobra aquello de las lágrimas de cocodrilo...

El capitán.—¿Está usted viendo? ¡Esa respuesta no la daría Lucifer! ¡Sonreír!... ¡Reírse de mí, es lo que hace usted continuamente! ¡Pues bien! Decía, cuando usted me ha clavado ese nuevo puñal, que de todas las damiselas que había temido encontrar en el mundo, la más terrible, la más odiosa para un hombre de mi temple... —perdóneme la franqueza...— ¡es usted! ¡Yo no recuerdo haber experimentado nunca la ira que siento cuando usted se sonríe al verme furioso! ¡Paréceme como que duda usted de mi valor, de la sinceridad de mis arrebatos, de la energía de mi carácter!

Angustias.—Pues oígame usted a mí ahora, y crea que le hablo con entera verdad. Muchos hombres he conocido ya en el mundo; alguno que otro me ha solicitado; de ninguno me he prendado todavía... Pero si yo hubiera de enamorarme con el tiempo, sería de algún indio bravo por el estilo de usted. ¡Tiene usted un genio hecho de molde para el mío!

El capitán. —¡Vaya usted a los mismísimos diablos! ¡Generala! ¡Condesa! ¡Llame usted a su hija, y dígale que no me queme la sangre! En fin; mejor es que no juguemos al tute. Conozco que no puedo con usted... Llevo algunas noches de no dormir, pensando en nuestros altercados, en las cosas duras que me obliga usted a decirle, en las irritantes bromas que me contesta, y en lo imposible que es el que usted y yo vivamos en paz, a pesar de lo muy agradecido que estoy a... la casa. ¡Ah! ¡Más me hubiera valido que me dejase usted morir en mitad de la calle!... ¡Es muy triste aborrecer, o no poder tratar como

Dios manda a la persona que nos ha salvado la vida exponiendo la suya! ¡Afortunadamente, pronto podré mover esta pícara pierna; me iré a mi cuartito de la calle de Tudescos,[98] a la oficina de mi seráfico pariente y a mi Casino de mi alma, y cesará este martirio a que me ha condenado usted con su cara, su cuerpo y sus acciones de serafín, y con su frialdad, sus bromas y su sonrisa de demonio! ¡Pocos días nos quedan de vernos... Ya discurriré yo alguna manera de seguir tratando a solas a su mamá de usted, ora sea en casa de mi primo, ora por cartas, ora citándonos para tal o cual iglesia... Pero lo que es a usted, gloria mía, ¡no volveré a acercarme hasta que sepa que se ha casado!... ¿Qué digo? ¡Entonces menos que nunca! En resumen...: ¡déjeme usted en paz, o écheme mañana solimán[99] en el chocolate!

El día que don Jorge de Córdoba pronunció estas palabras, Angustias no se sonrió, sino que se puso grave y triste...

Reparó en ello el capitán y diose prisa a taparse el rostro con el embozo de la cama, murmurando para sí mismo:

—¡Me he fastidiado con decir que no quiero jugar al tute! Pero ¿cómo volverme atrás? ¡Sería deshonrarme! ¡Nada! ¡Trague usted quina, señor *Capitán Veneno*! ¡Los hombres deben ser hombres!

Angustias, que había salido ya de la alcoba, no se enteró del arrepentimiento y tristeza que se revolcaban bajo las ropas de aquel lecho.

98 *calle de Tudescos:* calle del centro de Madrid, entre la calle de la Luna y la Plaza de Santo Domingo. 99 *solimán:* sustancia soluble usada como veneno.

III

LA CONVALECENCIA

Sin novedad alguna que de notar sea, transcurrieron otros quince días, y llegó aquel en que nuestro héroe debía de abandonar el lecho, bien que con orden terminante de no moverse de una silla y de tener extendida sobre otra la pierna mala.

Sabedor de ello el marqués de los Tomillares, cuya visita no había faltado ninguna mañana a don Jorge, o, más bien dicho, a sus adorables enfermeros, con quienes se entendía mejor que con su áspero y rabioso primo, le envió a éste, al amanecer, un magnífico sillón-cama de roble, acero y damasco, que había hecho construir con la anticipación debida.

Aquel lujoso mueble era toda una obra maestra, excogitada y dirigida por el minucioso aristócrata: estaba provisto de grandes ruedas que facilitarían la conducción del enfermo de una parte a otra, y articulado por medio de muchos resortes, que permitían darle forma, ora de lecho militar, ora de butaca más o menos trepada, con apoyo, en este último caso, para extender la pierna derecha, y con su mesilla, su atril, su pupitre, su espejo y otros adminículos de quita y pon, admirablemente acondicionados.

A las señoras les mandó, como todos los días, delicadísimos ramos de flores, y además, por extraordinario, un gran ramillete de dulces y doce botellas de Champagne, para que celebrasen la mejoría de su huésped. Regaló un hermoso reloj al médico y veinticinco duros a la criada, y con todo ello se pasó en aquella casa un verdadero día de fiesta, a pesar de que la respetable guipuzcoana estaba cada vez peor de salud.

Las tres mujeres se disputaron la dicha de pasear al *Capitán Veneno* en el sillón-cama; bebieron Champagne y comieron dulces, así los enfermos como los sanos, y aun el representante de la Medicina. El marqués pronunció un largo discurso en favor de la institución del matrimonio, y el mismo don Jorge se dignó reír dos o tres veces, haciendo burla de su pacientísimo primo, y cantar *en público* (o sea delante de Angustias) algunas coplas de jota aragonesa.

IV

MIRADA RETROSPECTIVA

Verdad es que desde la célebre discusión sobre el bello sexo, el capitán había cambiado algo, ya que no de estilo ni de modales, a lo menos de humor...

¡Y quién sabe si de ideas y sentimientos! Conocíase que las faldas le causaban menos horror que al principio, y todos habían observado que aquella confianza y benevolencia que ya le merecía la señora de Barbastro, iban trascendiendo a sus relaciones con Angustias.

Continuaba, eso sí, por terquedad aragonesa más que por otra cosa, diciéndose su mortal enemigo, y hablándole con aparente acritud y a voces, como si estuviera mandando soldados; pero sus ojos la seguían y se posaban en ella con respeto, y si por acaso se encontraban con la mirada (cada vez más grave y triste desde aquel día) de la impávida y misteriosa joven, parecían inquirir afanosamente qué gravedad y tristura eran aquéllas.

Angustias había dejado, por su parte, de provocar al capitán y de sonreírse cuando le veía montar en cólera.

Servíalo en silencio, y en silencio soportaba sus desvíos más o menos amargos y sinceros, hasta que él se ponía también grave y triste, y le preguntaba con cierta llaneza de niño bueno:

—¿Qué tiene usted? ¿Se ha incomodado conmigo? ¿Principia ya a pagarme el aborrecimiento de que tanto le he hablado?

—¡Dejémonos de tonterías, capitán! —contestaba ella—. ¡Demasiado hemos disparatado ya los dos..., hablando de cosas muy formales!

—¿Se declara usted, pues, en retirada?

—En retirada... ¿de qué?

—¡Toma! ¡Usted lo sabrá! ¿No me la echó de tan valiente y batalladora el día que me llamó *indio bravo?*

—Pues no me arrepiento de ello, amigo mío... Pero basta de despropósitos, y hasta mañana.

—¿Se va usted? ¡Eso no vale! ¡Eso es huir! —solía decirle entonces el muy taimado.[100]

—¡Como usted quiera!... —respondía Angustias, encogiéndose de hombros—. El caso es que me retiro...

—¿Y qué voy a hacer ahora aquí solo toda la santa noche? ¡Repare usted en que son las siete!

—Esa no es cuenta mía. Puede usted rezar, o dormirse o hablar con mamá... Yo tengo que seguir arreglando el baúl de papeles de mi difunto padre... ¿Por qué no pide usted una baraja a Rosa, y hace *solitarios*?

—¡Sea usted franca! —exclamó un día el impenitente solterón, devorando con los ojos las blanquísimas y hoyosas manos de su enemiga—. ¿Me guarda usted

100 *taimado:* astuto, que actúa con disimulo.

rencor porque, desde *aquella mañana,* no hemos vuelto a jugar al tute?

—¡Muy al contrario! ¡Alégrome de que hayamos dejado también esa broma! —respondió Angustias, escondiendo las manos en los bolsillos de la bata.

—Pues entonces, alma de Dios, ¿qué quiere usted?

—Yo, señor don Jorge, no quiero nada.

—¿Por qué no me llama usted ya *«Señor Capitán Veneno»*?

—Porque he conocido que no merece usted ese nombre.

—¡Hola! ¡Hola! ¿Volvemos a las suavidades y a los elogios? ¿Qué sabe usted cómo soy yo por dentro?

—Lo que sé es que no llegará usted nunca a envenenar a nadie...

—¿Por qué? ¿Por cobardía?

—No, señor, sino porque es usted un pobre hombre, con muy buen corazón, al cual le ha puesto cadenas y mordaza, no sé si por orgullo o por miedo a su propia sensibilidad... Y si no, que se lo pregunten a mi madre...

—¡Vaya! ¡Vaya! ¡Doblemos esa hoja! ¡Guárdese usted sus celebraciones como se guarda sus manecitas de marfil! ¡Esta chiquilla se ha propuesto volverme al revés!

—¡Mucho ganaría usted en que me lo propusiera y lo lograra, pues el *revés* de usted es el *derecho*! Pero no estamos en ese caso... ¿Qué tengo yo que ver en sus negocios?

—¡Trueno de Dios! ¡Pudo usted hacerse esa pregunta la tarde que se dejó fusilar por salvarme la vida! —exclamó don Jorge, con tanto ímpetu como si, en vez del agradecimiento, hubiese estallado en su corazón una bomba.

Angustias le miró muy contenta, y dijo con noble fogosidad:

—No estoy arrepentida de aquella acción; pues si mucho le admiré a usted al verlo batirse la tarde del 26 de marzo, más le he admirado al oírlo cantar, en medio de sus dolores, la jota aragonesa, para distraer y alegrar a mi pobre madre.

—¡Eso es! ¡Búrlese usted ahora de mi mala voz!

—¡Jesús, qué diantre de hombre! ¡Yo no me burlo de usted, ni el caso lo merece! ¡Yo he estado a punto de llorar, y he bendecido a usted desde lejos, cada vez que le he oído cantar aquellas coplas!...

—¡Lagrimitas! ¡Peor que peor! ¡Ah, señora doña Angustias! ¡Con usted hay que tener mucho cuidado! ¡Usted se ha propuesto hacerme decir ridiculeces y majaderías impropias de un hombre de carácter, para reírse luego de mí, y declararse vencedora!... ¡Afortunadamente estoy sobre aviso, y tan luego como me vea próximo a caer en sus redes, echaré a correr, con la pierna rota y todo, y no pararé hasta Pekín![101] ¡Usted debe ser lo que llaman una *coqueta*![102]

—¡Y usted es un desventurado!

—¡Mejor para mí!

—Un hombre injusto, un salvaje, un necio...

—¡Apriete usted! ¡Apriete usted! ¡Así me gusta! ¡Al fin vamos a pelearnos una vez!

[101] *Pekín:* capital de China. [102] *coqueta:* mujer que, por vanidad, trata de agradar con medios estudiados.

—¡Un desagradecido!

—¡Eso no, caramba! ¡Eso no!

—Pues bien: ¡guárdese usted su agradecimiento, que yo, gracias a Dios, para nada lo necesito! Y, sobre todo, hágame el obsequio de no volver a sacarme estas conversaciones...

Tal dijo Angustias, volviéndole la espalda con verdadero enojo.

Y así quedaba siempre, de oscuro y embrollado, el importantísimo punto que, sin saberlo, discutían aquellos dos seres desde que se vieron por primera vez..., y que muy pronto iba a ponerse más claro que el agua.

V

PERIPECIA

El tan celebrado y jubiloso día en que se levantó el *Capitán Veneno* había de tener un fin asaz[103] lúgubre y lamentable, cosa muy frecuente en la humana vida, según que más atrás, y por razones inversas a las de ahora, dijimos filosóficamente.

Estaba anocheciendo: el médico y el marqués acababan de retirarse, y Angustias y Rosa habían salido también, por consejo de la muy complacida guipuzcoana, a rezar una Salve a la Virgen del Buen Suceso, que aún tenía entonces su iglesia en la Puerta del Sol, cuando el capitán, a quien ya habían acostado de nuevo, oyó sonar la campanilla de la calle, y que doña Teresa abría el ventanillo y preguntaba: «*¿Quién es?*»; y que luego decía, abriendo la puerta: «*¡Cómo había yo de figurarme que viniese usted a estas horas! ¡Pase usted por aquí!*»; y que una voz de hombre exclamaba,

103 *asaz:* bastante, muy.

alejándose hacia las habitaciones interiores: «*Siento mucho, señora...*».

El resto de la frase se perdió en la distancia, y así quedó todo por algunos minutos, hasta que sonaron otra vez pasos y oyóse al mismo hombre que decía, como despidiéndose: «*Celebraré que usted se mejore y tranquilice...*», y a doña Teresa que contestaba: «*Pierda usted cuidado...*»; después de lo cual volvió a sentirse abrir y cerrar la puerta y reinó en la casa profundo silencio.

Conoció el capitán que algún desagrado había ocurrido a la viuda y hasta esperó que entrase a contárselo; pero al ver que no acontecía así, dedujo que el negocio sería del orden de los secretos domésticos, y abstúvose de interpelarla a voces, aunque le pareció oírla suspirar en el inmediato pasillo...

Volvieron a llamar en esto a la puerta de la calle e instantáneamente la abrió doña Teresa, lo cual demostraba que no había dado un paso desde que se marchó la visita, y entonces se oyeron estas exclamaciones de Angustias:

—¿Por qué nos aguardabas con el picaporte en la mano? ¡Mamá! ¿Qué tienes? ¿Por qué lloras? ¿Por qué no me respondes? ¡Estás mala! ¡Jesús, Dios mío! ¡Rosa! ¡Ve corriendo y llama al doctor Sánchez! ¡Mi mamá se muere! ¡Ven! ¡Espera! Ayúdame a llevarla al sofá de la sala... ¿No ves que se está cayendo? ¡Pobre madre mía! ¡Madre de mi alma! ¿Qué tienes, que no puedes andar?

Efectivamente; don Jorge, desde la alcoba, vio entrar en la sala a doña Teresa casi arrastrando, colgada del cuello de su hija y de la criada, y con la cabeza caída sobre el pecho.

Acordóse entonces Angustias de que el capitán estaba en el mundo y dio un grito furioso, encaróse con él, y le dijo:

—¿Qué le ha hecho usted a mi madre?

—¡No! ¡No!... ¡Pobrecito! ¡El no sabe nada!... —se apresuró a decir la enferma con amoroso acento—. Me he puesto mala yo sola... Ya se me va pasando...

El capitán estaba rojo de indignación y de vergüenza.

—¡Ya lo está usted oyendo, señorita Angustias! —exclamó al fin en son muy amargo y triste—. ¡Me ha calumniado usted inhumanamente! Pero, ¡ah!, no... ¡Yo soy quien me he calumniado a mí mismo desde que estoy acá! ¡Merecida tengo esa injusticia de usted! ¡Doña Teresa!... ¡No haga usted caso de esa ingrata y dígame que ya está buena del todo o reviento aquí, donde me veo atado por el dolor y crucificado por mi enemiga!

A todo esto, la viuda había sido colocada en el sofá, y Rosa atravesaba la calle en busca del doctor.

—Perdóneme usted, capitán —dijo Angustias—. Considere que es mi madre y que me la he encontrado muriéndose lejos de usted, a cuyo lado la dejé hace quince minutos... ¿Es que ha venido alguien durante mi ausencia?

El capitán iba a responder *que sí,* cuando doña Teresa había ya contestado apresuradamente:

—¡No! ¡Nadie!... ¿No es verdad que nadie, señor don Jorge? Estas son cosas de nervios..., vapores..., ¡vejeces, y nada más que vejeces! Ya estoy bien, hija mía.

Llegado que hubo el médico, y tan pronto como pulsó a la viuda (a quien media hora antes dejó tan contenta y en casi regular estado), dijo que había que acostarla inmediatamente y que tendría que guardar cama algún tiempo, hasta que cesase la gran conmoción nerviosa que acababa de experimentar... En seguida manifestó en secreto a Angustias y a don Jorge que el mal de doña Teresa radicaba en el corazón, de lo cual tenía completa evidencia desde que la pulsó por primera vez la tarde del 26 de marzo, y que semejantes afecciones, aunque no eran fáciles de curar enteramente, podían conllevar largo tiempo a fuerza de reposo, bienestar, alegría moderada, buen trato y no sé cuántos otros prodigios..., cuya base principal era el *dinero.*

—¡El 26 de marzo! —murmuró el capitán—. ¡Es decir, que yo tengo la culpa de todo lo que ocurre!

—¡La tengo yo! —dijo Angustias, como hablando consigo misma.

—¡No busquen ustedes la causa de las causas! —expuso melancólicamente el doctor Sánchez—. Para que haya culpa tiene que preceder intención, y ustedes son incapaces de haber querido perjudicar a doña Teresa.

Los dos amnistiados se miraron con angelical asombro, al ver que la ciencia se devanaba los sesos para sacar deducciones tan obvias o tan impías; y fijando luego su consideración en lo que verdaderamente les importaba entonces, dijéronse a un mismo tiempo:

—¡Hay que salvarla!

Aquello era principiar a entenderse.

VI

CATÁSTROFE

Así que se marchó el médico, y después de largo debate, se tomó el acuerdo de poner la cama de la viuda en el gabinete, que, como ya hemos dicho, estaba situado en un extremo de la sala, frente por frente de la alcoba ocupada por don Jorge.

—De esta manera —dijo la prudentísima Angustias— podréis veros y charlar los dos enfermicos, y nos será fácil a Rosa y a mí atender a ambos desde la sala, la noche que a cada una nos toque velaros.

Aquella noche se quedó Angustias y nada ocurrió de particular. Doña Teresa se sosegó mucho a la madrugada y dormitó cosa de una hora. El médico la encontró muy aliviada a la mañana siguiente; y, como pasó también el día cada vez más tranquila, la segunda noche se retiró Angustias a su cuarto después de las dos, cediendo a las tiernas súplicas de su madre y a las imperiosas órdenes del capitán, y Rosa se quedó de enfermera... en la misma butaca, en la misma postura y con los mismos ronquidos que veló a don Jorge la noche que lo hirieron.

Serían las tres y media de la mañana cuando nuestro caviloso héroe, que no dormía, oyó que doña Teresa respiraba muy trabajosamente y lo nombraba con voz entrecortada y sorda.

—Vecina, ¿me llama usted? —preguntó don Jorge, disimulando su inquietud.

—Sí..., capitán... —respondió la enferma—. Despierte usted con cuidado a Rosa, de modo que no lo oiga mi hija. Yo no puedo alzar más la voz...

—Pero ¿qué es eso? ¿Se siente usted mal?

—¡Muy mal! Y quiero hablar con usted a solas antes de morirme... Haga usted que Rosa lo coloque en el sillón de ruedas y lo traiga aquí... Pero procure que no despierte mi pobre Angustias...

El capitán ejecutó punto por punto lo que le decía doña Teresa, y al cabo de pocos instantes se hallaba a su lado.

La pobre viuda tenía una fiebre muy alta y se ahogaba de fatiga. En su lívido rostro se veía ya impresa la indeleble marca de la muerte.

El capitán estaba aterrado por la primera vez de su vida.

—¡Déjanos, Rosa...; pero no despiertes a la señorita Angustias!... Dios querrá dejarme vivir hasta que amanezca, y entonces la llamaré para que nos despidamos... Oiga usted, capitán... ¡Me muero!

—¡Que se ha de morir usted, señora! —respondió don Jorge, estrechando la ardiente mano de la enferma—. Esta es una congoja como la de ayer tarde... ¡Y, además, yo no quiero que se muera usted!

—Me muero, capitán... Lo conozco... Inútil fuera llamar al médico... Llamaremos al confesor..., ¡eso sí!..., aunque se asuste mi pobre hija... Pero será cuando usted y yo acabemos de hablar... ¡Porque lo urgente ahora es que hablemos nosotros dos sin testigos!...

—¡Pues ya estamos hablando! —respondió el capitán, atusándose los bigotes en señal de miedo—. ¡Pídame usted la poca y mala sangre con que entré en esta casa, y la mucha y muy rica que he criado en ella, y toda la derramaré con gusto!...

—Ya lo sé... Ya lo sé, amigo mío... Usted es muy honrado, y nos quiere... Pues bien, mi querido capitán; sépalo usted todo... Ayer tarde vino mi procurador y me dijo que el Gobierno había decretado en contra el expediente de mi viudedad.

—¡Demonio! ¿Y por esa friolera se apura usted? ¡Me ha denegado a mí el Gobierno tantas instancias!

—Ya no soy condesa ni generala... —continuó la viuda—. ¡Tenía usted mucha razón cuando me escatimaba estos títulos!

—¡Mejor que mejor! ¡Yo no soy tampoco general ni marqués, y mi abuelo era lo uno y lo otro! Estamos iguales.

—Bien; pero es el caso que yo..., yo... ¡estoy completamente arruinada! Mi padre y mi marido gastaron, defendiendo a don Carlos, todo lo que tenían... Hasta hoy he vivido con el producto de mis alhajas, y hace ocho días vendí la última..., una gargantilla de perlas muy hermosa... ¡Rubor me causa hablar a usted de estas miserias!...

—¡Hable usted, señora! ¡Hable usted! ¡Todos hemos pasado apuros! ¡Si supiera usted los atranques[104] en que a mí me ha metido el pícaro tute!...

104 *atranques:* atrancos, dificultades.

—¡Pero es que mi atranque no tiene remedio! Todos mis recursos y todo el porvenir de mi hija estaban cifrados en esa viudedad, que con el tiempo hubiera sido la orfandad de Angustias... Y hoy... la desgraciada no tiene porvenir, ni presente, ni dinero para enterrarme... Porque ha de saber usted que el abogado que me asesoraba, herido en su orgullo, de resultas de haberlo desdeñado la chica, o deseoso de aumentar nuestra desgracia, a fin de rendir la voluntad de Angustias y obligarla a casarse con él..., me envió anteanoche la cuenta de sus honorarios, al mismo tiempo que la fatal noticia... El procurador traía también la relación de los suyos, y me habló un lenguaje tan cruel, de parte del abogado, mezclando las palabras «desconfianza...», «insolvencia...», «ejecución», y yo no sé qué otras, que cegué y no vi, tiré de la gaveta[105] y le entregué todo lo que me pedía; es decir, todo lo que me quedaba, lo que me habían dado por la gargantilla de perlas, mi último dinero, mi último pedazo de pan... Por consiguiente, desde anteanoche es Angustias tan pobre como las infelices que piden de puerta en puerta... ¡Y ella lo ignora! ¡Ella duerme tranquila en este instante!... ¿Cómo, pues, no he de estar muriéndome?... ¡Lo raro es que no me muriera anteanoche!

—¡Pues no se muera por tan poca cosa! —repuso el capitán con sudores de muerte, pero con la más noble efusión—. Ha hecho usted muy bien en hablarme... ¡Yo me sacrificaré viviendo entre faldas, como un despensero de monjas![106] ¡Estaría escrito! Cuando me ponga

[105] *gaveta:* cajón corredizo de los escritorios que sirve para guardar lo que se quiere tener a mano. [106] *despensero de monjas:* persona que tiene al cargo la despensa, los abastecimientos.

bueno, en lugar de irme a mi casa, traeré aquí mi ropa, mis armas y mis perros, y viviremos todos juntos hasta la consumación de los siglos...[107]

—¡Juntos! —respondió lúgubremente la guipuzcoana—. ¿Pues no oye usted que me estoy muriendo? ¿No lo ve usted? ¿Cree usted que yo le hubiera hablado de mis apuros pecuniarios a no estar segura de que dentro de pocas horas me habré muerto?

—Entonces, señora..., ¿qué es lo que quiere usted de mí? —preguntó horrorizado don Jorge de Córdoba—. Porque dicho se está que para dispensarme el honor y el gusto de pedirme, o de encargarme que le pida a mi primo ese pobre barro que se llama *dinero,* no estaría usted pasando tanta fatiga, sabiendo lo mucho que estimamos a ustedes y conociéndonos, como creo que nos conoce... ¡Dinero no ha de faltarles a ustedes nunca mientras yo viva! Por tanto, otra cosa es lo que usted quiere de mí, y le suplico que, antes de decir una palabra más, piense en la solemnidad de las circunstancias y en otras consideraciones muy atendibles.

—No le comprendo a usted, ni yo misma sé lo que quiero... —respondió doña Teresa con la sinceridad de una santa—. Pero póngase usted en mi lugar. Soy madre...; adoro a mi hija; voy a dejarla sola en el mundo...; no veo a mi lado en la hora de la muerte, ni tengo sobre el haz de la tierra, persona alguna a quien encomendársela, como no sea a usted, que, en medio de todo, le demuestra cariño... En verdad, yo no sé de qué modo podrá usted favorecerla... ¡El dinero *solo* es muy

107 *hasta la consumación de los siglos:* hasta el final.

frío, muy repugnante, muy horrible!... ¡Pero más horrible es todavía que mi pobre Angustias se vea obligada a ganarse con sus manos el sustento, a ponerse a servir, a pedir limosna!... ¡Justifícase, por consiguiente, que, al sentir que me muero, le haya llamado a usted para despedirme, y que, con las manos cruzadas y llorando por la última vez de mi vida, le diga a usted, desde el borde del sepulcro: «¡Capitán: sea usted el tutor, sea usted el padre, sea usted un hermano de mi pobre huérfana!... ¡Ampárela! ¡Ayúdela! ¡Defienda su vida y su honra! ¡Que no se muera de hambre ni de tristeza! ¡Que no esté sola en el mundo!... ¡Figúrese usted que hoy le nace una hija!».

—¡Gracias a Dios! —exclamó don Jorge dando palmotadas en los brazos del sillón de ruedas—. ¡Haré por Angustias todo eso y mucho más! ¡Pero he pasado un rato cruel, creyendo iba usted a pedirme que me casara con la muchacha!

—¡Señor don Jorge de Córdoba! ¡Eso no lo pide ninguna madre! ¡Ni mi Angustias toleraría que yo dispusiese de su noble y valeroso corazón! —dijo doña Teresa con tal dignidad que el capitán se quedó yerto de espanto.

Recobróse al cabo el pobre hombre, y expuso con la humildad del más cariñoso hijo, besando las manos de la moribunda:

—¡Perdón! ¡Perdón, señora! ¡Yo soy un insensato, un monstruo, un hombre sin educación que no sabe explicarse!... Mi ánimo no ha sido ofender a usted ni a Angustias... Lo que he querido advertir a usted lealmente es que yo haría muy desgraciada a esa hermosa joven, modelo de virtudes, si llegase a casarme con ella, que yo no he nacido para amar ni para que me amen, ni para vivir acompañado, ni para tener hijos, ni para nada que sea dulce, tierno y afectuoso... Yo soy independiente como un salvaje, como una fiera, y el yugo del matrimonio me humillaría, me desesperaría, me haría dar botes que llegaran al cielo. Por lo demás, ni ella me quiere, ni yo la merezco, ni hay para qué hablar de este asunto. En cambio, ¡hágame usted el favor de creer, por esta primera lágrima que derramo desde que soy hombre, y por estos primeros besos de mis labios, que todo lo que yo pueda agenciar en el mundo, y mis cuidados, y mi vigilancia, y mi sangre, serán para Angustias, a quien estimo, y quiero, y amo, y debo la vida..., y hasta quizás el alma! Lo juro por esta santa medalla que mi madre llevó siempre al cuello... Lo juro por... Pero ¡usted no me oye!..., ¡usted no me contesta!, ¡usted no me mira! ¡Señora! ¡Generala! ¡Doña Teresa!... ¿Se siente usted peor? ¡Ah, Dios mío! ¡Si me parece que se ha muerto! ¡Diablo y demonio! ¡Y yo sin poder moverme! ¡Rosa! ¡Rosa! ¡Agua! ¡Vinagre! ¡Un confesor! ¡Una cruz y yo le recomendaré el alma como pueda!... Pero aquí tengo mi medalla... ¡Virgen Santísima! ¡Recibe en tu seno a mi segunda madre! Pues señor, ¡estoy fresco! ¡Pobre Angustias! ¡Pobre de mí! ¡En buena me he metido por salir a cazar revolucionarios!

Todas aquellas exclamaciones estaban muy en su lugar. Doña Teresa había muerto al sentir en su mano los besos y las lágrimas del *Capitán Veneno,* y una sonrisa de suprema felicidad vagaba todavía por los entreabiertos labios del cadáver.

VII

MILAGROS DEL DOLOR

A los gritos del consternado huésped, seguidos de lastimeros ayes de la criada, despertó Angustias... Medio se vistió, llena de espanto y corrió hacia la habitación de su madre... Pero en la puerta halló atravesada la silla de ruedas de don Jorge, el cual, con los brazos abiertos y los ojos casi fuera de las órbitas, le cerraba el paso, diciendo:

—¡No entre usted, Angustias! ¡No entre usted, o me levanto, aunque me muera!

—¡Mi pobre mamá! ¡Mi madre de mi alma! ¡Déjeme usted ver a mi madre!... —gimió la infeliz, pugnando por entrar.

—¡Angustias! ¡En nombre de Dios, no entre ahora! Ya entraremos luego juntos... ¡Deje usted descansar un momento a la que tanto ha padecido!

—¡Mi madre ha muerto! —exclamó Angustias, cayendo de rodillas junto al sillón del capitán.

—¡Pobre hija mía! ¡Llora conmigo cuanto quieras!

—respondió don Jorge, atrayendo hacia su corazón la cabeza de la pobre huérfana y acariciándole el pelo con la otra mano—. ¡Llora con el que no había llorado nunca hasta hoy, que llora por ti... y por *ella*!...

Era tan extraordinaria y prodigiosa aquella emoción en un hombre como el *Capitán Veneno,* que Angustias, en medio de su horrible desgracia, no pudo menos de significarle aprecio y gratitud, poniéndole una mano sobre el corazón...

Y así estuvieron abrazados algunos instantes aquellos dos seres que la felicidad nunca hubiera hecho amigos.

«la segunda noche se retiró Angustias a su cuarto después de las dos, [...] y Rosa se quedó de enfermera»

III. VI. Catástrofe [pág. 169]

Adolf von Menzel: *Salón con la hermana del artista* (1847). Munich, Neue Pinakothek.

PARTE CUARTA

DE POTENCIA A POTENCIA

«Quince días después del entierro de doña Teresa Carrillo de Albornoz»

IV. I. De cómo el capitán... [pág. 181]

A. Barcia: *Dama con abanico* (h.1870)

Pág. anterior:
Ludwig Löffler: Grabado (detalle, 1873).

I

DE CÓMO EL CAPITÁN LLEGÓ A HABLAR SOLO

Quince días después del entierro de doña Teresa Carrillo de Albornoz, a eso de las once de una espléndida mañana del mes de las flores,[108] víspera o antevíspera de San Isidro, nuestro amigo el *Capitán Veneno* se paseaba muy de prisa por la sala principal de la casa mortuoria, apoyado en dos hermosas y desiguales muletas de ébano[109] y plata, regalo del marqués de los Tomillares; y aunque el mimado convaleciente estaba allí solo, y no había nadie ni en el gabinete ni en la alcoba, hablaba de vez en cuando a media voz, con la rabia y desabrimiento de costumbre.

—¡Nada! ¡Nada!... ¡Está visto! —exclamó, por último, parándose en mitad de la habitación—. ¡La cosa no tiene remedio! ¡Ando perfectísimamente! ¡Y hasta creo que andaría mejor sin estos palitroques! Es decir, que ya puedo marcharme a mi casa...

108 *del mes de las flores* (perífrasis o circunloquio): mayo. 109 *ébano:* árbol exótico de madera maciza y negra por el centro.

Aquí lanzó un gran resoplido, como si suspirase a su manera, y murmuró, cambiando de tono:

—¡*Puedo!* ¡He dicho *puedo*!... ¿Y qué es *poder*? Antes pensaba yo que el hombre podía hacer todo lo que quería, y ahora veo que ni tan siquiera *puede querer* lo que le acomoda... ¡Pícaras mujeres! ¡Bien me lo había yo temido desde que nací! ¡Y bien me lo figuré en cuanto me vi rodeado de faldas la noche del 26 de marzo! ¡Inútil fue tu precaución, padre mío, de hacerme amamantar por una cabra! ¡Al cabo de los años mil, he venido a caer en manos de estas sayonas[110] que te obligaron a suicidarte!... Pero, ¡ah!, ¡yo me escaparé, aunque me deje el corazón en sus uñas!

En seguida miró el reloj, suspiró de nuevo, y dijo muy quedamente, como reservándose de sí propio:

—¡Las once y cuarto y todavía no la he visto, aunque estoy levantado desde las seis!... ¡Qué tiempos aquellos en que me traía el chocolate y jugábamos al tute! Ahora, siempre que llamo, entra la gallega... ¡Reventada sea «tan digna servidora», que diría el necio de mi primo! Pero en cambio, luego darán las doce y me avisarán que está el almuerzo... Iré al comedor y me encontraré allí con una estatua vestida de luto que ni habla, ni ríe, ni llora, ni come, ni bebe, ni sabe nada de lo que ocurre, nada de lo que su madre me contó aquella noche, nada de lo que va a suceder, si Dios no lo remedia... ¡Cree la muy orgullosa que está en su casa, y todo su afán es que acabe de ponerme bueno y me marche para que mi compaña no la desdore de la opinión de las gentes!

110 *sayonas* (de sayón): verdugo que ejecuta a los reos.

¡Infeliz! ¿Cómo sacarla de su error? ¿Cómo decirle que le tengo engañada; que su madre no me entregó ningún dinero; que, desde hace quince días, todo lo que se gasta acá sale de mi propio bolsillo? ¡Ah! ¡Eso nunca! ¡Primero me dejo matar que decirle tal cosa! Pero ¿qué hago? ¿Cómo no darle, antes o después, cuentas verdaderas o fingidas? ¿Cómo seguir así indefinidamente? ¡Ella no lo consentirá! ¡Ella me llamará a capítulo cuando gradúe[111] que debe de habérseme acabado lo que suponga que poseía su madre, y entonces se armará en esta casa la de Dios es Cristo![112]

Por aquí iba en sus pensamientos don Jorge de Córdoba cuando sonaron unos golpecitos en la puerta principal de la sala, seguidos de estas palabras de Angustias:

—¿Se puede entrar?

—¡Entre usted, con cinco mil de a caballo![113] —gritó el capitán, loco de alegría, corriendo a abrir la puerta y olvidando todas sus alarmas y reflexiones—. ¡Ya era tiempo que me hiciese usted una visita, como antiguamente! ¡Aquí tiene usted al oso enjaulado y aburrido, deseando tener con quien pelear! ¿Quiere usted que echemos una mano al tute? Pero... ¿qué pasa? ¿Por qué me mira usted con esos ojos?

—Sentémonos y hablemos, capitán... —dijo gravemente Angustias, cuyo hechicero rostro, pálido como la cera, expresaba la más honda emoción.

[111] *gradúe:* calcule. [112] *la de Dios es Cristo* (expresión popular): armarse un gran escándalo. Tiene que ver con las controversias y disputas que se produjeron en el Concilio de Nicea a causa de los arrianos que negaban la divinidad de Jesucristo. [113] *con cinco mil de a caballo:* expresión ponderativa que indica la buena disposición del capitán.

Don Jorge se retorció los bigotes, según hacía siempre que barruntaba tempestad, y sentóse en el filo de una butaca, mirando a un lado y otro con aire y desasosiego de reo en capilla.[114]

La joven tomó asiento muy cerca de él; reflexionó unos instantes, o bien reunió fuerzas para la ya presentida borrasca, y expuso al fin con imponderable dulzura:

[114] *reo en capilla:* estar el reo en un espacio apartado, a modo de capilla, desde que se le notifica la sentencia de muerte hasta el momento de la ejecución.

«La joven tomó asiento muy cerca de él»

IV. I. De cómo el capitán... [pág. 184]

Carlos López Redondo: *En el casino*.
Colección particular.

«cierto amigo nuestro (el mismo que nos ha referido la presente historia) paró su caballo a la puerta de una antigua casa con honores de palacio, situada en la Carrera de San Francisco de la villa y corte»

IV. I. *Etiamsi omnes* [pág. 206]

Charles Clifford: *Barrio de las Vistillas visto desde el puente de Segovia* (h.1855). Al fondo derecha, la Iglesia de SanFrancisco, al final de la carrera del mismo nombre.
Madrid, Archivo Histórico Nacional.

II

BATALLA CAMPAL

—Señor de Córdoba: la mañana en que murió mi bendita madre, y cuando, cediendo a ruegos de usted, me retiraba a mi aposento, después de haberla amortajado, por haberse empeñado usted en quedarse solo a velarla, con una piedad y una veneración que no olvidaré jamás...

—¡Vamos, vamos, Angustias! ¿Quién dijo miedo? ¡Cara feroz al enemigo! ¡Tenga usted valor para sobreponerse a esas cosas!

—Sabe usted que no me ha faltado hasta hoy... —respondió la joven con mayor calma—. Pero no se trata ahora de esta pena con la cual vivo y viviré perpetuamente en santa paz, y a cuyo dulce tormento no renunciaría por nada del mundo... Se trata de contrariedades de otra índole, en que, por fortuna, caben alteraciones, y que van a tener en seguida total remedio...

—¡Quiéralo Dios! —rezó el capitán, viendo cada vez más cerca el nublado.

—Decía... —continuó Angustias— que aquella mañana me habló usted, sobre poco más o menos, así: «Hija mía...».

—¡Hombre! ¡Qué cosas dice uno! ¡Yo la llamé a usted *«hija mía»*!

—Déjeme proseguir, señor don Jorge. «Hija mía... —exclamó usted, con una voz que me llegó al alma—: en nada tiene usted que pensar por ahora más que en llorar y en pedir a Dios por su madre... Sabe usted que he asistido a tan santa mujer en sus últimos momentos... Con este motivo, me ha enterado de todos sus asuntos y hecho entrega del dinero que poseía, para que yo corra con entierro, lutos y demás, como tutor de usted que me ha nombrado privadamente, y para librarla de cuidados en los primeros días de su dolor... Cuando se tranquilice usted, ajustaremos cuentas...».

—¿Y qué? —interrumpió el capitán, frunciendo muchísimo el entrecejo, como si, a fuerza de parecer terrible, quisiese cambiar la efectividad de las cosas—. ¿No he cumplido bien tales encargos? ¿He hecho alguna locura? ¿Cree usted que he despilfarrado su herencia?... ¿No era justo costear entierro mayor a aquella ilustre señora? O ¿acaso le ha referido a usted ya algún chismoso que le he puesto en la sepultura una gran lápida con sus títulos de *Generala* y de *Condesa?* ¡Pues lo de la lápida ha sido capricho mío personal, y tenía pensado rogar a usted que me permitiera pagarla de mi dinero! ¡No he podido resistir a la tentación de proporcionar a mi noble amiga el gusto y la gala de usar entre los muertos los dictados que no le permitieron llevar los vivos!

—Ignoraba lo de la lápida... —profirió Angustias con religiosa gratitud, cogiendo y estrechando una mano de don Jorge, a pesar de los esfuerzos que hizo éste por retirarla—. ¡Dios se lo pague a usted! ¡Acepto ese regalo, en nombre de mi pobre madre y en el mío! Pero, aun así y todo, ha hecho usted muy mal, sumamente mal, en engañarme respecto de otros puntos; y, si antes me hubiera enterado de ello, antes habría venido a pedirle a usted cuentas.

—¿Y podrá saberse, mi querida señorita, en qué la he engañado a usted? —se atrevió todavía a preguntar don Jorge, no concibiendo que Angustias supiese cosas que sólo a él, y momentos antes de expirar, había referido doña Teresa.

—Me engañó usted aquella triste mañana... —respondió severamente la joven—, al decirme que mi madre le había entregado no sé qué cantidad...

—¿Y en qué se funda vuestra señoría para desmentir con esa frescura a todo un capitán de Ejército, a un hombre honrado, a una persona mayor? —gritó con fingida vehemencia don Jorge, procurando meter la cosa a barato y armar camorra[115] para salir de aquel mal negocio.

—Me fundo —respondió Angustias sosegadamente— en la seguridad, adquirida después, de que mi madre no tenía ningún dinero cuando cayó en cama.

—¿Cómo que no? ¡Estas chiquillas se lo quieren saber todo! ¿Pues ignora usted que doña Teresa acababa de enajenar una joya de muchísimo mérito?...

[115] *meter la cosa a barato:* alzar la voz para perturbar y confundir al que habla; *armar camorra:* buscar riña o pendencia.

—Sí..., sí..., ¡ya sé!... Una gargantilla de perlas con broches de brillantes... por la cual le dieron quinientos duros...

—¡Justamente! ¡Una gargantilla de perlas... como nueces, de cuyo importe nos queda todavía mucho oro que ir gastando!... ¿Quiere usted que se lo entregue ahora mismo? ¿Desea usted encargarse ya de la administración de su hacienda? ¿Tan mal le va con mi tutoría?

—¡Qué bueno es usted, capitán!... Pero ¡qué imprudente a la vez! —repuso la joven—. Lea usted esta carta, que acabo de recibir, y verá dónde estaban los quinientos duros desde la tarde en que mi madre cayó herida de muerte...

El capitán se puso más colorado que una amapola; pero aún sacó fuerzas de flaqueza, y exclamó, echándola de muy furioso:

—¡Conque, es decir; que yo miento! ¡Conque un papelucho merece más crédito que yo! ¡Conque de nada me sirve toda una vida de formalidad, en que he tenido palabra de rey!

—Le sirve a usted, señor don Jorge, para que yo le agradezca más y más el que por mí, y sólo por mí, haya faltado esta vez a esa buena costumbre...

—¡Veamos qué dice la carta! —replicó el capitán, por ver si hallaba en ella medio de cohonestar[116] la situación—. ¡Probablemente será alguna pamplina!

La carta era del abogado o asesor de la difunta generala, y decía así:

[116] *cohonestar:* hacer que parezca buena una acción o situación.

«Señorita D.ª Angustias Barbastro.

»Muy señora mía y estimada amiga:

»Acabo de recibir extraoficialmente la triste noticia del óbito de su señora madre (Q.S.G.H.),[117] y acompaño a usted en su legítimo sentimiento, deseándole fuerzas físicas y morales para sufrir tan inapelable y rudo golpe de la superioridad que regula los destinos humanos.

»Dicho esto, que no es fórmula oratoria de cortesía, sino expresión del antiguo y alegado afecto que le profesa mi alma, tengo que cumplir con usted otro deber sagrado, cuyo tenor es el siguiente:

»El procurador o agente de negocios de su difunta madre, al notificarme hoy la penosa nueva, me ha dicho que, cuando, hace dos semanas, fue a poner en su conocimiento la desfavorable resolución del expediente de la viudedad y a presentarle las notas de nuestros honorarios, tuvo ocasión de comprender que la señora poseía apenas el dinero suficiente para satisfacerlos, como por desventura los satisfizo en el acto, con un apresuramiento en que creí ver nuevas señales del amargo desvío que ya me había usted demostrado con anterioridad...

»Ahora bien, mi querida Angustias: atorméntame mucho la idea de si estará usted pasando apuros y molestias en tan agravantes circunstancias por la exagerada presteza con que su mamá me hizo efectiva aquella suma (reducido precio de las seis solicitudes, cuyo borrador le escribí y hasta copié en limpio), y pido a usted su consentimiento previo para devolver el dinero,

117 *Q.S.G.H.:* siglas que responden al significado: Que Santa Gloria Haya.

y aun para agregar todo lo demás que usted necesite y yo posea.

»No es culpa mía si no tengo personalidad suficiente ni otros títulos que un amor tan grande como sin correspondencia, al hacer a usted semejante ofrecimiento, que le suplico acepte, en debida forma, de su apasionado y buen amigo, atento y seguro servidor, que besa sus pies.

»TADEO JACINTO DE PAJARES.»

—¡Mire usted aquí un abogado a quien yo le voy a cortar el pescuezo! —exclamó don Jorge levantando la carta sobre su cabeza—. ¡Habrá infame! ¡Habrá judío! ¡Habrá canalla!... Asesina a la buena señora hablándole de *insolvencia* y de *ejecución* al pedirle los honorarios, para ver si la obligaba a darle la mano de usted, y ahora quiere comprar esa misma mano con el dinero que le sacó por haber perdido el asunto de la viudedad... ¡Nada, nada! ¡Corro en su busca! ¡A ver! ¡Alárgueme usted esas muletas! ¡Rosa! ¡Mi sombrero!... (Es decir: ve a mi casa y di que te lo den.) O si no, tráeme (que ahí estará en la alcoba) mi gorra de cuartel..., ¡y mi sable! Pero no..., ¡no traigas el sable! ¡Con las muletas me basta y sobra para romperle la cabeza!

—Márchate, Rosa... y no hagas caso, que éstas son chanzas[118] del señor don Jorge... —expuso Angustias, haciendo pedazos la carta—. Y usted, capitán, siéntese y óigame..., se lo suplico. Yo desprecio al señor abogado

118 *chanzas:* bromas.

con todos sus mal adquiridos millones, y ni le he contestado ni le contestaré. ¡Cobarde y avaro, imaginó desde luego que podría hacer suya a una mujer como yo, sólo con defender de balde, en las oficinas nuestra mala causa!... No hablemos más, ni ahora ni nunca, del indigno viejo...

—¡Pues no hablemos tampoco de ninguna otra cosa! —añadió el ladino[119] capitán, logrando alcanzar las muletas y comenzando a pasearse aceleradamente, cual si huyera de la interrumpida discusión.

—Pero, amigo mío... —observó con sentido acento la joven—, las cosas no pueden quedar así...

—¡Bien! ¡Bien! Ya hablaremos de eso. Lo que ahora interesa es almorzar, pues yo tengo muchísima hambre... ¡Y qué fuerte me ha dejado la pierna ese zorro viejo de doctor! ¡Ando como un gamo! Dígame usted, cara de cielo: ¿a cómo estamos hoy?

—¡Capitán! —exclamó Angustias con enojo—. ¡No me moveré de esta silla hasta que me oiga usted y resolvamos el asunto que aquí me ha traído!

—¿Qué asunto? ¡Vaya!... ¡Déjeme usted a mí de canciones!... Y a propósito de canciones... ¡Juro a usted no volver a cantar en toda mi vida la jota aragonesa! ¡Pobre generala! ¡Cómo se reía al oírme!

—¡Señor de Córdoba!... —insistió Angustias con mayor acritud—.[120] ¡Vuelvo a suplicar a usted que preste alguna atención a un caso en que están comprometidas mi honra y mi dignidad!...

[119] *ladino:* astuto, sagaz. [120] *acritud:* brusquedad o aspereza en las palabras.

—¡Para mí no tiene usted nada comprometido! —respondió don Jorge, tirando al florete[121] con la más corta de las muletas—. ¡Para mí es usted la mujer más honrada y más digna que Dios ha criado!

—¡No basta serlo para usted! ¡Es necesario que opine lo mismo todo el mundo! Siéntese usted, pues, y escúcheme, o envío a llamar a su señor primo, el cual, a fuer de hombre de conciencia, pondrá término a la vergonzosa situación en que me hallo.

—¡Le digo a usted que no me siento! Estoy harto de camas, de butacas y de sillas... Sin embargo, puede usted hablar cuanto guste... —replicó don Jorge, dejando de tirar al florete, pero quedándose en *primera guardia*.[122]

—Poco será lo que le diga... —profirió Angustias volviendo a su grave entonación—, y ese poco... ya se le habrá ocurrido a usted desde el primer momento. Señor capitán: hace quince días que sostiene usted esta casa; usted pagó el entierro de mi madre; usted me ha costeado los lutos; usted me ha dado el pan que he comido... Hoy no puedo abonarle lo que lleva gastado, como se lo abonaré con el tiempo...; pero sepa usted que desde ahora mismo...

—¡Rayos y culebrinas![123] ¡Pagarme usted a mí! ¡Pagarme *ella*!... —gritó el capitán con tanto dolor como furia, levantando en alto las muletas hasta llegar con la mayor al techo de la sala—. ¡Esta mujer se ha propuesto matarme! ¡Y para eso quiere que la oiga!... ¡Pues no la

121 *tirando al florete:* usando la muleta como espadín de esgrima. 122 *primera guardia:* posición de defensa en el ejercicio de la esgrima. 123 *culebrinas:* meteoros eléctricos y luminosos con forma ondulada.

oigo a usted! ¡Se acabó la conferencia! ¡Rosa! ¡El almuerzo! Señorita, en el comedor la aguardo... Hágame el obsequio de no tardar mucho.

—¡Buen modo tiene usted de respetar la memoria de mi madre! ¡Bien cumple los encargos que le hizo en favor de esta pobre huérfana! ¡Vaya un interés que se toma por mi honor y por mi reposo!... —exclamó Angustias con tal majestad, que don Jorge se detuvo como el caballo a quien refrenan; contempló un momento a la joven; arrojó las muletas lejos de sí, volvió a sentarse en la butaca, y dijo, cruzándose de brazos:

—¡Hable usted hasta la consumación de los siglos!

—Decía... —continuó Angustias, así que se hubo serenado— que desde hoy cesará la absurda situación creada por la imprudente generosidad de usted. Ya está usted bueno y puede trasladarse a su casa...

—¡Bonito arreglo! —interrumpió don Jorge, tapándose luego la boca, como arrepentido de la interrupción.

—¡El único posible! —replicó Angustias.

—¿Y qué hará usted en seguida, alma de Dios? —gritó el capitán—. ¿Vivir del aire, como los camaleones?[124]

—Yo..., ¡figúrese usted!... Venderé casi todos los muebles y ropas de esta casa...

—¡Que valen cuatro cuartos! —volvió a interrumpir don Jorge, paseando una mirada despreciativa por las cuatro paredes de la habitación, no muy desmanteladas, a la verdad.

124 *vivir del aire como los camaleones*: popularmente se creía que los camaleones vivían del aire.

—¡Valgan lo que valieren! —repusó la huérfana con mansedumbre—. Ello es que dejaré de vivir a costa de su bolsillo de usted, o de la caridad de su señor primo.

—¡Eso no! ¡Canastos! ¡Eso no! ¡Mi primo no ha pagado nada! —rugió el capitán con suma nobleza—. ¡Pues no faltaba más, estando yo en el mundo! Cierto es que el pobre Álvaro..., yo no quiero quitarle su mérito, en cuanto supo la fatal ocurrencia, se brindó a todo...; es decir, ¡a muchísimo más de lo que usted puede figurarse!... Pero yo le contesté que la hija de la condesa de Santurce sólo podía admitir favores (o sea hacerlos ella misma, en el mero hecho de admitirlos) de su tutor, don Jorge de Córdoba, a cuyos cuidados la confió la difunta. El hombre conoció la razón, y entonces me reduje a pedirle prestados, nada más que prestados, algunos maravedises[125] a cuenta del sueldo que gano en su contaduría. Por consiguiente, señorita Angustias, puede usted tranquilizarse en ese particular, aunque tenga más orgullo que don Rodrigo en la horca.[126]

—Me es lo mismo... —balbuceó la joven—, supuesto que yo he de pagar al uno o al otro cuando...

—¿Cuando qué? ¡Esa es toda la cuestión! Dígame usted cuándo.

—¡Hombre!... Cuando, a fuerza de trabajar, y con la ayuda de Dios misericordioso, me abra camino en esta vida...

[125] *maravedises:* moneda española. [126] *más orgullo que don Rodrigo en la horca* (dicho popular): mostrar altivez y serenidad. Se refiere a la actitud de don Rodrigo Calderón, marqués de Siete Iglesias, cuando fue ejecutado en 1621.

—¡Caminos, canales y puertos! —voceó el capitán—. ¡Vamos, señora! ¡No diga usted simplezas! ¡Usted trabajar! ¡Trabajar con esas manos tan bonitas, que no me cansaba de mirar cuando jugábamos al tute! Pues ¿a qué estoy yo en el mundo, si la hija de doña Teresa Carrillo, ¡de mi única amiga!, ha de coger una aguja, o una plancha, o un demonio, para ganarse un pedazo de pan?

—Bien; dejemos todo eso a mi cuidado y al tiempo... —replicó Angustias, bajando los ojos—. Pero entretanto quedamos en que usted me dispensará el favor de marcharse hoy... ¿No es verdad que se marchará usted?

—¡Dale que dale! ¿Y por qué ha de ser verdad? ¿Por qué he de irme, si no me va mal aquí?

—Porque ya está usted bueno; ya puede andar por la calle, como anda por la casa, y no parece bien que sigamos viviendo juntos...

—¡Pues figúrese usted que esta casa fuera de huéspedes!... ¡Ea! ¡Ya lo tiene usted arreglado todo! ¡Así no hay que vender muebles ni nada! Yo le pago a usted mi pupilaje; ustedes me cuidan..., ¡y en paz! Con los dos sueldos que reúno hay de sobra para que todos lo pasemos muy bien, puesto que en adelante no me formarán causas por desacato,[127] ni volveré a perder nada al tute, como no sea la paciencia... cuando me gane usted muchos juegos seguidos... ¿Quedamos conformes?

—¡No delire usted, capitán! —profirió Angustias con voz melancólica—. Usted no ha entrado en esta casa como pupilo, ni nadie creería que estaba usted en ella en tal concepto, ni yo quiero que lo esté... ¡No tengo yo

[127] *por desacato:* por falta de respeto a la autoridad.

edad ni condiciones para ama de huéspedes!... Prefiero ganar un jornal cosiendo o bordando.

—¡Y yo prefiero que me ahorquen! —gritó el capitán.

—Es usted muy compasivo... —prosiguió la huérfana—, y le agradezco con toda mi alma lo que padece al ver que en nada puede ayudarme... Pero ésta es la vida, éste es el mundo, ésta es la ley de la sociedad.

—¿Qué me importa a mí la sociedad?

—¡A mí me importa mucho! Entre otras razones, porque sus leyes son un reflejo de la ley de Dios.

—¡Conque es ley de Dios que yo no pueda mantener a quien quiera!...

—Lo es, señor capitán, en el mero hecho de estar la sociedad dividida en familias...

—¡Yo no tengo familia, y, por consiguiente, puedo disponer libremente de mi dinero!

—Pero yo no debo aceptarlo. La hija de un hombre de bien que se apellidaba *Barbastro,* y de una mujer de bien que se apellidaba *Carrillo,* no puede vivir a expensas de cualquiera...

—¡Luego yo soy para usted un *cualquiera*!...

—Y un cualquiera de los peores... para el caso de que se trata, supuesto que es usted soltero, todavía joven, y nada santo... de reputación.

—¡Mire usted, señorita! —exclamó resueltamente el capitán, después de breve pausa, como quien va a epilogar[128] y resumir una intrincada controversia—. La noche que ayudé a bien morir a su madre de usted, le dije honradamente, y con mi franqueza habitual (para

128 *epilogar:* resumir, compendiar una obra o escrito.

que aquella buena señora no se muriese en un error, sino a sabiendas de lo que pasaba), que yo, el *Capitán Veneno,* pasaría por todo en este mundo menos por tener mujer e hijos. ¿Lo quiere usted más claro?

—¿Y a mí que me cuenta usted? —respondió Angustias con tanta dignidad como gracia—. ¿Cree usted, por ventura, que yo le estoy pidiendo indirectamente su blanca mano?

—¡No, señora! —se apresuró a contestar don Jorge, ruborizándose hasta lo blanco de los ojos—. ¡La conozco a usted demasiado para suponer tal majadería! Además, ya hemos visto que usted desprecia novios millonarios, como el abogado de la famosa carta... ¿Qué digo? ¡La propia doña Teresa me dio la misma contestación que usted, cuando le revelé mi inquebrantable propósito de no casarme nunca!... Pero yo le hablo a usted de esto para que no extrañe ni lleve a mal el que, estimándola a usted como la estimo, y queriéndola como la quiero... (¡porque yo la quiero a usted muchísimo más de lo que se figura!), no corte por lo sano y diga: «¡Basta de requilorios,[129] hija del alma! ¡Casémonos, y aquí paz y después gloria!».

—¡Es que no bastaría que usted lo dijese!... —contestó la joven con heroica frialdad—. Sería menester que usted me gustara.

—¿Estamos ahí ahora? —bramó el capitán, dando un brinco—. Pues ¿acaso no le gusto yo a usted?

—¿De dónde saca usted semejante probabilidad, caballero don Jorge? —repuso Angustias implacablemente.

[129] *requilorios:* formalidad insignificante o innecesaria.

—¡Déjeme usted a mí de probabilidades ni de latines! —tronó el pobre discípulo de Marte—.[130] ¡Yo sé lo que me digo! ¡Lo que aquí pasa, hablando mal y pronto, es que no puedo casarme con usted, ni vivir de otro modo en su compañía, ni abandonarla a su triste suerte!... Pero créame usted, Angustias; ni usted es una extraña para mí, ni yo lo soy para usted..., ¡y el día que yo supiera que usted ganaba ese jornal que dice; que usted servía en una casa ajena; que usted trabajaba con sus manecitas de nácar...; que usted tenía hambre..., o frío, o... (¡Jesús! ¡No quiero pensarlo!), le pegaba fuego a Madrid o me saltaba la tapa de los sesos! Transija usted, pues; y ya que no acepte el que vivamos juntos como dos hermanos (porque el mundo lo mancha todo con sus ruines pensamientos), consienta que le señale una pensión anual, como la señalan los reyes o los ricos a las personas dignas de protección y ayuda...

—Es que usted, señor don Jorge, no tiene nada de rico ni de rey.

—¡Bueno! Pero usted es para mí una reina y debo y quiero pagarle el tributo voluntario con que suelen sostener los buenos súbditos a los reyes proscritos...[131]

—Basta de reyes y de reinas, mi capitán... —pronunció Angustias con el triste reposo de la desesperación—. Usted no es ni puede ser para mí otra cosa que un excelente amigo de los buenos tiempos, a quien siempre recordaré con gusto. Digámonos adiós, y déjeme siquiera la dignidad en la desgracia.

130 *Marte:* divinidad romana, dios de la guerra hijo de Júpiter y Juno.
131 *proscritos:* desterrados.

—¡Eso es! ¡Y yo, entretanto, me bañaré en agua de rosas, con la idea de que la mujer que me salvó la vida exponiendo la suya está pasando las de Caín![132] ¡Yo tendré la satisfacción de pensar en que la única hija de Eva de quien he gustado, a quien he querido, a quien... adoro con toda mi alma, carece de lo más necesario, trabaja para alimentarse malamente, vive en una buhardilla y no recibe de mí ningún socorro, ningún consuelo!...

—¡Señor capitán! —interrumpió Angustias solemnemente—. Los hombres que no pueden casarse y que tienen la nobleza de reconocerlo y de proclamarlo, no deben hablar de adoración a las señoritas honradas. Conque lo dicho: mande usted por un carruaje, despidámonos como personas decentes, y ya sabrá usted de mí cuando me trate mejor la fortuna.

—¡Ay, Dios mío de mi alma! ¡Qué mujer ésta! —clamó el capitán, tapándose el rostro con las manos—. ¡Bien me lo temí todo desde que la eché la vista encima! ¡Por algo dejé de jugar al tute con ella! ¡Por algo he pasado tantas noches sin dormir! ¿Hase visto apuro semejante al mío? ¿Cómo la dejo desamparada y sola, si la quiero más que a mi vida? ¿Ni cómo me caso con ella, después de tanto como he declamado contra el matrimonio? ¿Qué dirían de mí en el Casino? ¿Qué dirían los que me encontrasen en la calle con una mujer de bracete, o en casa, dándole la papilla a un rorro?[133] ¡Niños a mí! ¡Yo bregar con muñecos! ¡Yo oírlos llorar! ¡Yo temer a todas horas que estén

[132] *pasar las de Caín:* pasar penas y calamidades. [133] *rorro:* niño pequeñito.

malos, que se mueran, que se los lleve el aire! Angustias..., ¡créame usted, por Jesucristo vivo! ¡Yo no he nacido para esas cosas! ¡Viviría tan desesperado que, por no verme y oírme, pediría usted a voces el divorcio o quedarse viuda!... ¡Ah! ¡Tome usted mi consejo! ¡No se case conmigo, aunque yo quiera!

—Pero, hombre... —expuso la joven, retrepándose[134] en su butaca con admirable serenidad—. ¡Usted se lo dice todo! ¿De dónde saca usted que yo deseo que nos casemos; que yo aceptaría su mano; que yo no prefiero vivir sola, aunque para ello tenga que trabajar día y noche, como trabajan otras muchas huérfanas?

—¡Que de dónde lo saco! —respondió el capitán con la mayor ingenuidad del mundo—. ¡De la naturaleza de las cosas! ¡De que los dos nos queremos! ¡De que los dos nos necesitamos! ¡De que no hay otro arreglo para que un hombre como yo y una mujer como usted vivan juntos! ¿Cree usted que yo no lo conozco; que no lo había pensado ya, que a mí me son indiferentes su honra y su nombre? Pero he hablado por hablar, por huir de mi propia convicción, por ver si escapaba al terrible dilema que me quita el sueño, y hallaba un modo de no casarme con usted..., como al cabo tendré que casarme, si se empeña en quedarse sola...

—¡Sola! ¡Sola!... —repitió donosamente Angustias—. ¿Y por qué no *mejor acompañada?* ¿Quién le dice a usted que no encontraré yo con el tiempo un hombre de mi gusto, que no tenga horror al matrimonio?

134 *retrepándose:* echando hacia atrás la parte superior del cuerpo.

—¡Angustias! ¡Doblemos esa hoja! —gritó el capitán, poniéndose de color de azufre.[135]

—¿Por qué doblarla?

—¡Doblémosla, digo!... Y sepa usted desde ahora que me comeré el corazón del temerario que la pretenda... Pero hago muy mal en incomodarme sin fundamento alguno... ¡No soy tan tonto que ignore lo que nos sucede!... ¿Quiere usted saberlo? Pues es muy sencillo. ¡Los dos nos queremos!... Y no me diga usted que me equivoco, ¡porque eso sería faltar a la verdad! Y allá va la prueba. ¡Si usted no me quisiera a mí no la querría yo a usted!... ¡Lo que hago es *pagar*! ¡Y le debo a usted tanto!... ¡Usted, después de haberme salvado la vida, me ha asistido como una Hermana de la Caridad; usted ha sufrido con paciencia todas las barbaridades que, por librarme de su poder seductor, le he dicho durante cincuenta días; usted ha llorado en mis brazos cuando se murió su madre; usted me está aguantando hace una hora!... En fin... ¡Angustias!... Transijamos... Partamos la diferencia... ¡Diez años de plazo le pido a usted! Cuando yo cumpla el medio siglo, y sea ya otro hombre, enfermo, viejo y acostumbrado a la idea de la esclavitud, nos casaremos sin que nadie se entere, y nos iremos fuera de Madrid, al campo, donde no haya público, donde nadie pueda burlarse del antiguo *Capitán Veneno*... Pero, entre tanto, acepte usted, con la mayor reserva, sin que lo sepa alma viviente, la mitad de mis recursos... Usted vivirá aquí y yo en mi casa. Nos veremos... siempre delante de testigos, por ejemplo, en algu-

135 *color de azufre:* color amarillo.

na tertulia formal. Todos los días nos escribiremos. Yo no pasaré jamás por esta calle, para que la maledicencia no murmure... y, únicamente el día de Finados,[136] iremos juntos al cementerio, con Rosa, a visitar a doña Teresa...

Angustias no pudo menos de sonreírse al oír este supremo discurso del buen capitán. Y no era burlona aquella sonrisa, sino gozosa, como un deseado albor de esperanza, como el primer reflejo del tardío astro de la felicidad, que ya iba acercándose a su horizonte... Pero mujer al cabo, aunque tan digna y sincera como la que más, supo reprimir su naciente alegría, y dijo con simulada desconfianza y con la entereza propia de un recato verdaderamente pudoroso:

—¡Hay que reírse de las extravagantes condiciones que pone usted a la concesión de su no solicitado anillo de boda! ¡Es usted cruel en regatear al menesteroso limosnas que tiene la altivez de no pedir, y que por nada de este mundo aceptaría! Pues añada usted que, en la presente ocasión, se trata de una joven... no fea ni desvergonzada, a quien está usted dando calabazas hace una hora, como si ella le hubiese requerido de amores. Terminemos, por consiguiente, tan odiosa conversación, no sin que antes lo perdone yo a usted, y hasta le dé las gracias por su buena, aunque mal expresada voluntad... ¿Llamo ya a Rosa para que vaya por el coche?

—¡Todavía no, cabeza de hierro! ¡Todavía no! —respondió el capitán, levantándose con aire muy reflexivo,

136 *día de Finados:* día de Difuntos.

como si estuviese buscando forma a un pensamiento abstruso y delicado—. Ocúrreseme otro medio de transacción, que, será el último...; ¿entiende usted, señora aragonesa? ¡El último que este otro aragonés se permitirá indicarle!... Mas para ello necesito que antes me responda usted con lealtad a una pregunta..., después de haberme alargado las muletas, a fin de marcharme sin hablar más palabra, en el caso de que se niegue usted a lo que pienso proponerle...

—Pregunte usted y proponga... —dijo Angustias, alargándole las muletas con indescriptible donaire.

Don Jorge se apoyó, o, mejor dicho, se irguió sobre ellas, y, clavando en la joven una mirada pesquisidora,[137] rígida, imponente, le interrogó con voz de magistrado:

—¿Le gusto a usted? ¿Le parezco aceptable, prescindiendo de estos palitroques, que tiraré muy pronto? ¿Tenemos base sobre qué tratar? ¿Se casaría usted conmigo inmediatamente, si yo me resolviera a pedirle su mano, bajo la anunciada condición que diré luego?

Angustias conoció que se jugaba el todo por el todo... Pero, aun así, púsose también de pie y dijo con su nunca desmentido valor:

—Señor don Jorge: esa pregunta es una indignidad, y ningún caballero la hace a las que considera señoras. ¡Basta ya de ridiculeces!... ¡Rosa! ¡Rosa! El señor de Córdoba te llama...

Y, hablando así, la magnánima joven se encaminó hacia la puerta principal de la habitación, después de hacer una fría reverencia al endiablado capitán.

137 *pesquisidora:* que indaga o trata de averiguar.

Este la atajó en mitad de su camino, gracias a la más larga de sus muletas, que extendió horizontalmente hasta la pared, como un gladiador que se va a fondo, y entonces exclamó con humildad inusitada:

—¡No se marche usted, por la memoria de aquella que nos ve desde el cielo! ¡Me resigno a que no conteste usted a mi pregunta y paso a proponerle la transacción!...[138] ¡Estará escrito que no se haga más que lo que usted quiera! Pero tú, Rosita, ¡márchate con cinco mil demonios, que ninguna falta nos haces aquí!

Angustias, que pugnaba por apartar la valla interpuesta a su paso, se detuvo al oír la sentida invocación del capitán, y miróle fijamente a los ojos, sin volver hacia él más que la cabeza, y con un indefinible aire de imperio, de seducción y de impasibilidad. ¡Nunca la había visto don Jorge tan hermosa ni tan expresiva! ¡Entonces sí que parecía una reina!

—Angustias... —continuó diciendo, o más bien tartamudeando, aquel héroe de cien combates, de quien tanto se prendó la joven madrileña al verlo revolverse como un león entre cientos de balas—. ¡Bajo una condición precisa, inmutable, cardinal, tengo el honor de pedirle su mano, para que nos casemos cuando usted diga; mañana..., hoy..., en cuanto arreglemos los papeles..., lo más pronto posible; pues yo no puedo vivir ya sin usted!...

La joven dulcificó su mirada y comenzó a pagar a don Jorge aquel verdadero heroísmo con una sonrisa tierna y deliciosa.

138 *transacción:* trato, negocio.

—¡Pero repito que es bajo una condición!... —se apresuró a añadir el pobre hombre, conociendo que la mirada y la sonrisa de Angustias empezaban a trastornarlo y derretirlo.

—¿Bajo qué condición? —preguntó la joven con hechicera calma, volviéndose del todo hacia él y fascinándole con los torrentes de luz de sus negros ojos.

—¡Bajo la condición —balbuceó el catecúmeno—[139] de que si tenemos hijos... los echaremos a la Inclusa![140] ¡Oh! ¡Lo que es en esto no cederé jamás! ¿Acepta usted? ¡Dígame que sí, por María Santísima!

—Pues ¿no he de aceptar, señor *Capitán Veneno?* —respondió Angustias soltando la carcajada—. ¡Usted mismo irá a echarlos!... ¿Qué digo?... ¡Iremos los dos juntos! ¡Y los echaremos sin besarlos ni nada! ¡Jorge!... ¿Crees tú que los echaremos?

Tal dijo Angustias, mirando a don Jorge de Córdoba con angelical arrobamiento.

El pobre capitán se sintió morir de ventura; un río de lágrimas brotó de sus ojos, y exclamó, estrechando entre sus brazos a la gallarda huérfana:

—¡Conque estoy perdido!

—¡Completísimamente perdido, señor *Capitán Veneno*! —replicó Angustias—. Así, pues, vamos a almorzar; luego jugaremos al tute; y, a la tarde, cuando venga el marqués, le preguntaremos si quiere ser padrino de nuestra boda, cosa que el buen señor está deseando, en mi concepto, desde la primera vez que nos vio juntos.

139 *catecúmeno:* persona que se está instruyendo para recibir el bautismo; aquí con el sentido de quien está dispuesto a aceptar una nueva situación.
140 *Inclusa:* casa donde se recoge a los niños expósitos o abandonados.

III

ETIAMSI OMNES[141]

Una mañana del mes de mayo de 1852, es decir, cuatro años después de la escena que acabamos de reseñar, cierto amigo nuestro (el mismo que nos ha referido la presente historia) paró su caballo a la puerta de una antigua casa con honores de palacio, situada en la Carrera de San Francisco de la villa y corte; entregó las bridas al lacayo[142] que lo acompañaba, y preguntó al levitón animado que le salió al encuentro en el portal:

—¿Está en su oficina don Jorge de Córdoba?

—El caballero —dijo en asturiano la interrogada pieza de paño— pregunta, a lo que imagino, por el excelentísimo señor marqués de los Tomillares...

—¿Cómo así? ¿Mi querido Jorge es ya marqués? —replicó el apeado jinete—. ¿Murió al fin el bueno de

[141] Parte de la expresión latina: *Etiamsi omnes, ego non* (Aunque todos, yo no), que San Pedro dijo a Jesucristo antes de negarlo tres veces. [142] *lacayo:* criado o sirviente que, por lo general, acompaña a su amo.

don Álvaro? ¡No extrañe usted que lo ignorase, pues anoche llegué a Madrid, después de un año y medio de ausencia!...

—El señor marqués don Álvaro —dijo solemnemente el servidor, quitándose la galoneada tartera[143] que llevaba por gorra— falleció hace ocho meses, dejando por único y universal heredero a su señor primo y antiguo contador de esta casa don Jorge de Córdoba, actual marqués de los Tomillares...

—Pues bien: hágame usted el favor de avisar que le pasen recado de que aquí está su amigo T...

—Suba el caballero... En la biblioteca lo encontrará. Su excelencia no gusta de que le anunciemos las visitas, sino de que dejemos entrar a todo el mundo como a Pedro por su casa.

—Afortunadamente... —exclamó para sí el visitante, subiendo la escalera—, yo me sé de memoria la casa, aunque no me llamo Pedro... ¡Conque en la biblioteca!... ¿eh? ¡Quién había de decir que el *Capitán Veneno* se metiese a sabio!

Recorrido que hubo aquella persona varias habitaciones, encontrando al paso a nuevos sirvientes que se limitaban a repetirle: *El señor está en la biblioteca...*, llegó al fin a la historiada puerta del tal aposento, la abrió de pronto, y quedó estupefacto al ver el grupo que se ofreció ante su vista.

En medio de la estancia hallábase un hombre puesto a cuatro pies sobre la alfombra: encima de él estaba montado un niño como de tres años, espoleándolo con

143 *galoneada tartera:* gorro con forma de cacerola o tartera y con galones.

los talones, y otro niño como de año y medio, colocado delante de su despeinada cabeza le tiraba de la corbata, como de un ronzal,[144] diciéndole borrosamente:

—¡Arre, mula!

144 *ronzal:* cuerda que se ata al pescuezo o a la cabeza de las caballerías para conducirlas o sujetarlas.

EL
EXTRANJERO

«Conque vuelvo a la historia de mi polaco.»
II. [pág. 216]

I. Lówicki: *Soldados polacos* (1831).
París, Biblioteca de Artes Decorativas.

Pág. anterior: Francisco de Goya: *¡Grande hazaña! ¡Con muertos!* En *Desastres de la guerra*, n. 39 (1810-1820).

I

No consiste la fuerza en echar por tierra al enemigo, sino en domar la propia cólera, dice una máxima[1] oriental.

No abuses de la victoria, añade un libro de nuestra religión.

Al culpado que cayere debajo de tu jurisdicción[2] *considérale hombre miserable, sujeto a las condiciones de la depravada naturaleza nuestra, y en todo cuanto estuviere de tu parte, sin hacer agravio a la contraria, muéstratele piadoso y clemente, porque, aunque los atributos de Dios son todos iguales, más resplandece y campea a nuestro ver el de la misericordia que el de la justicia,* aconsejó, en fin, don Quijote a Sancho Panza.

Para dar realce a todas estas elevadísimas doctrinas, y cediendo también a un espíritu de equidad,[3] nosotros, que nos complacemos frecuentemente en referir y celebrar los actos heroicos de los españoles durante la

[1] *máxima:* frase hecha que expresa una enseñanza o principio moral. [2] *jurisdicción:* poder o competencia para gobernar y aplicar las leyes. [3] *equidad:* igualdad, imparcialidad.

Guerra de la Independencia, y en condenar y maldecir la perfidia y crueldad de los invasores, vamos a narrar hoy un hecho que, sin entibiar en el corazón el amor a la patria, fortifica otro sentimiento no menos sublime y profundamente cristiano: el amor a nuestro prójimo; sentimiento que, si por congénita desventura de la humana especie, ha de transigir con la dura ley de la guerra, puede y debe resplandecer cuando el enemigo está humillado.

El hecho fue el siguiente, según que me lo han contado personas dignas de entera fe que intervinieron en él muy de cerca y que todavía andan por el mundo. Oid sus palabras textuales.

II

—Buenos días, abuelo... —dije yo.

—Dios guarde a usted, señorito... —dijo él.

—¡Muy solo va usted por estos caminos!...

—Sí, señor. Vengo de las minas de Linares[4] donde he estado trabajando algunos meses, y voy a Gádor[5] a ver a mi familia. ¿Usted irá...?

—Voy a Almería.., y me he adelantado un poco a la galera[6] porque me gusta disfrutar de estas hermosas mañanas de abril. Pero, si no me engaño, usted rezaba cuando yo llegué... Puede usted continuar. Yo seguiré leyendo entre tanto, supuesto que la galera anda tan lentamente que le permite a uno estudiar en mitad de los caminos.

—¡Vamos! Ese libro es alguna historia... Y ¿quién le ha dicho a usted que yo rezaba?

—¡Toma! ¡Yo, que le he visto a usted quitarse el sombrero y santiguarse!

[4] *Linares:* importante ciudad de la provincia de Jaén, famosa por sus minas de plomo argentífero y sulfuro de plomo. [5] *Gádor:* población de Almería. [6] *galera:* carruaje grande para trasportar viajeros.

—Pues ¡qué demonio!, hombre... ¿Por qué he de negarlo? Rezando iba... ¡Cada uno tiene sus cuentas con Dios!

—Es mucha verdad.

—¿Piensa usted andar largo?[7]

—¿Yo? Hasta la venta...

—En este caso, eche usted por esa vereda y cortaremos camino.

—Con mucho gusto. Esa cañada me parece deliciosa. Bajemos a ella.

Y, siguiendo al viejo, cerré el libro, dejé el camino y descendí a un pintoresco barranco.

Las verdes tintas y diafanidad[8] del lejano horizonte, así como la inclinación de las montañas, indicaban ya la proximidad del Mediterráneo.

Anduvimos en silencio algunos minutos, hasta que el minero se paró de pronto.

—¡Cabales! —exclamó.

Y volvió a quitarse el sombrero y a santiguarse.

Estábamos bajo unas higueras cubiertas ya de hojas, y a la orilla de un pequeño torrente.

—¡A ver, abuelito!... —dije, sentándome sobre la hierba—. Cuénteme usted lo que ha pasado aquí.

—¡Cómo! ¿Usted sabe? —replicó él, estremeciéndose.

—Yo no sé más... —añadí con suma calma—, sino que aquí ha muerto un hombre... ¡Y de mala muerte, por más señas!

—¡No se equivoca usted, señorito! ¡No se equivoca usted! Pero ¿quién le ha dicho?...

7 *andar largo:* ir lejos. 8 *diafanidad:* claridad.

—Me lo dicen sus oraciones de usted.

—¡Es mucha verdad! Por eso rezaba.

Yo miré tenazmente la fisonomía del minero, y comprendí que había sido siempre hombre honrado. Casi lloraba, y su rezo era tranquilo y dulce.

—Siéntese usted aquí, amigo mío... —le dije, alargándole un cigarro de papel.

—Pues verá usted, señorito...

—Vaya, ¡muchas gracias! ¡Delgadillo es!...

—Reúna usted dos y resultará uno doble de grueso —añadí, dándole otro cigarro.

—¡Dios se lo pague a usted! Pues, señor... —dijo el viejo, sentándose a mi lado—, hace cuarenta y cinco años que una mañana muy parecida a ésta pasaba yo casi a esta hora por este mismo sitio...

—¡Cuarenta y cinco años! —medité yo.

Y la melancolía del tiempo cayó sobre mi alma. ¿Dónde estaban las flores de aquellas cuarenta y cinco primaveras? ¡Sobre la frente del anciano blanqueaba la nieve de setenta inviernos!

Viendo él que yo no decía nada, echó unas yescas,[9] encendió el cigarro, y continuó de este modo:

—¡Flojillo es! Pues, señor, el día que le digo a usted venía yo de Gérgal[10] con una carga de barrilla[11] y al llegar al punto en que hemos dejado el camino para tomar esta vereda me encontré con dos soldados españoles que llevaban prisionero a un polaco. En aquel entonces

[9] *echó unas yescas:* aplicó chispas de pedernal a la yesca, materia muy seca y combustible. [10] *Gérgal:* localidad de la provincia de Almería. [11] *barrilla:* tipo de planta, propia de terrenos salitrosos, de cuyas cenizas se obtiene la sosa.

era cuando estaban aquí los primeros franceses, no los del año 23,[12] sino los otros...

—¡Ya comprendo! Usted habla de la Guerra de la Independencia.

—¡Hombre! ¡Pues entonces no había usted nacido!

—¡Ya lo creo!

—¡Ah, sí! Estará apuntado en ese libro que venía usted leyendo. Pero, ¡ca!, lo mejor de estas guerras no lo rezan los libros. Ahí ponen lo que más acomoda..., y la gente se lo cree a puño cerrado. ¡Ya se ve! ¡Es necesario tener tres duros y medio de vida, como yo los tendré en el mes de San Juan, para saber más de cuatro cosas! En fin, el polaco aquel servía a las órdenes de Napoleón...,[13] del bribonazo que murió ya... Porque ahora dice el señor cura que hay otro...[14] Pero yo creo que ése no vendrá por estas tierras... ¿Qué le parece a usted, señorito?

—¿Qué quiere usted que yo le diga?

—¡Es verdad! Su merced no habrá estudiado todavía de estas cosas... ¡Oh! El señor cura, que es un sujeto muy instruido, sabe cuándo se acabarán los mamelucos[15] de Oriente y vendrán a Gádor los rusos y moscovitas a quitar la Constitución... ¡Pero entonces ya me habré yo muerto!... Conque vuelvo a la historia de mi polaco.

[12] *los del año 23:* soldados del ejército extranjero conocido como los «Cien mil hijos de San Luis», que, dirigidos por el francés duque de Angulema, invadieron España en 1823 para restaurar la monarquía de Fernando VII. [13] En el ejército de Napoleón que invadió España figuraban regimientos de soldados polacos. [14] *que hay otro:* se refiere a Napoleón III (1808-1873), sobrino de Napoleón Bonaparte y proclamado emperador de Francia después de la revolución de 1848. [15] *mamelucos:* famosos soldados de origen turco-asiático integrados en las tropas napoleónicas.

El pobre hombre se había quedado enfermo en Fiñana,[16] mientras que sus compañeros fugitivos se replegaban hacia Almería. Tenía calenturas, según supe más tarde... Una vieja lo cuidaba por caridad, sin reparar que era un enemigo... (¡Muchos años de gloria llevará ya la viejecita por aquella buena acción!), y a pesar de que aquello la comprometía, guardábalo escondido en su cueva, cerca de la Alcazaba...[17]

Allí fue donde la noche antes dos soldados españoles que iban a reunirse a su batallón, y que por casualidad entraron a encender un cigarro en el candil de aquella solitaria vivienda, descubrieron al pobre polaco, el cual, echado en un rincón, profería palabras de su idioma en el delirio de la calentura.

—¡Presentémoslo a nuestro jefe! —se dijeron los españoles—. Este bribón será fusilado mañana, y nosotros alcanzaremos un empleo.

Iwa, que así se llamaba el polaco; según luego me contó la viejecita, llevaba ya seis meses de tercianas,[18] y estaba muy débil, muy delgado, casi hético.[19]

La buena mujer lloró y suplicó, protestando que el extranjero no podía ponerse en camino sin caer muerto a la media hora...

Pero sólo consiguió ser apaleada, por su falta de «*patriotismo*». ¡Todavía no se me ha olvidado esta palabra, que antes no había oído pronunciar nunca!

[16] *Fiñana:* población de Almería. [17] *Alcazaba:* recinto fortificado dentro de una población amurallada. [18] *tercianas:* fiebres intermitentes que se repiten cada tres días. [19] *hético:* que padece tisis y, como consecuencia, está muy delgado.

En cuanto al polaco, figuraos cómo miraría aquella escena. Estaba postrado por la fiebre, y algunas palabras sueltas que salían de sus labios, medio polacas, medio españolas, hacían reír a los dos militares.

—¡Cállate, *didon*,[20] perro, gabacho![21] —le decían.

Y a fuerza de golpes lo sacaron del lecho.

Para no cansar a usted, señorito: en aquella disposición, medio desnudo, hambriento..., bamboleándose,[22] muriéndose..., ¡anduvo el infeliz cinco leguas! ¡Cinco leguas, señor!... ¿Sabe usted los pasos que tienen cinco leguas? Pues es desde Fiñana hasta aquí... ¡Y a pie!... ¡Descalzo!... ¡Figúrese usted!... ¡Un hombre fino, un joven hermoso y blanco como una mujer, un enfermo, después de seis meses de tercianas!... ¡Y con la terciana en aquel momento mismo!...

—¿Cómo pudo resistir!

—¡Ah! ¡No resistió!...

—Pero ¿cómo anduvo cinco leguas?

—¡Toma! ¡A fuerza de bayonetazos!

—Prosiga usted, abuelo... Prosiga usted.

—Yo venía por este barranco, como tengo de costumbre, para ahorrar terreno, y ellos iban por allá arriba, por el camino. Detúveme, pues, aquí mismo, a fin de observar el remate de aquella escena, mientras picaba un cigarro negro que me habían dado en las minas...

Iwa jadeada como un perro próximo a rabiar... Venía con la cabeza descubierta, amarillo como un desenterrado, con dos rosetas encarnadas en lo alto de las meji-

[20] *didón:* de "dis donc", expresión francesa muy corriente, adaptada al español y empleada con sentido peyorativo. [21] *gabacho:* francés (usado como despectivo). [22] *bamboleándose:* oscilando, balanceándose.

llas y con los ojos llameantes, pero caídos... ¡hecho, en fin, un Cristo en la calle de la Amargura!...

—*¡Mi querer morir! ¡Matar a mí por Dios!* —balbuceaba el extranjero con las manos cruzadas.

Los españoles se reían de aquellos disparates, y le llamaban *franchute, didón* y otras cosas.

Dobláronse al fin las piernas de Iwa, y cayó redondo al suelo.

Yo respiré, porque creí que el pobre había dado el alma a Dios.

Pero un pinchazo que recibió en un hombro le hizo erguirse de nuevo.

Entonces se acercó a este barranco para precipitarse y morir...

Al impedirlo los soldados, pues no les acomodaba que muriera su prisionero, me vieron aquí con mi mulo, que, como he dicho, estaba cargado de barrilla.

—¡Eh, camarada! —me dijeron, apuntándome con los fusiles—. ¡Suba usted ese mulo!

Yo obedecí sin rechistar, creyendo hacer un favor al extranjero.

—¿Dónde va usted? —me preguntaron cuando hube subido.

—Voy a Almería —les respondí—. ¡Y eso que ustedes están haciendo es una inhumanidad!

—¡Fuera sermones! —gritó uno de los verdugos.

—¡Un arriero *afrancesado*! —dijo el otro.

—¡Charla mucho... y verás lo que te sucede!

La culata de un fusil cayó sobre mi pecho...

¡Era la primera vez que me pegaba un hombre, además de mi padre!

—*¡No irritar! ¡No incomodar!* —exclamó el polaco, asiéndose a mis pies, pues había caído de nuevo en tierra.

—¡Descarga la barrilla! —me dijeron los soldados.

—¿Para qué?

—Para montar en el mulo a este judío.

—Eso es otra cosa... Lo haré con mucho gusto —dije, y me puse a descargar.

—*¡No!... ¡No!... ¡No!...* —exclamó Iwa—. *¡Tú dejar que me maten!*

—¡Yo no quiero que te maten, desgraciado! —exclamé, estrechando las ardientes manos del joven.

—*¡Pero mí sí querer! ¡Matar tú a mí por Dios!...*

—¿Quieres que yo te mate?

—*¡Sí..., sí..., hombre bueno! ¡Sufrir mucho!*

Mis ojos se llenaron de lágrimas.

Volvime a los soldados, y les dije con tono de voz que hubiera conmovido a una piedra:

—¡Españoles, compatriotas, hermanos! Otro español, que ama tanto como el que más a nuestra patria, es quien os suplica... ¡Dejadme solo con este hombre!

—¡No digo que es *afrancesado*! —exclamó uno de ellos.

—¡Arriero del diablo —dijo el otro—, cuidado con lo que dices! ¡Mira que te rompo la crisma![23]

—¡Militar de los demonios —contesté con la misma fuerza—, yo no temo a la muerte! ¡Sois dos infames sin corazón! Sois dos hombres fuertes y armados contra un moribundo inerme...[24] ¡Sois unos cobardes! Dadme uno

[23] *crisma:* cabeza. [24] *inerme:* sin armas, sin defensa.

de esos fusiles y pelearé con vosotros hasta mataros o morir..., pero dejad a este pobre enfermo, que no puede defenderse. ¡Ay! —continué, viendo que uno de aquellos tigres se ruborizaba—, si, como yo, tuvieseis hijos; si pensarais que tal vez mañana se verán en la tierra de este infeliz, en la misma situación que él, solos, moribundos, lejos de sus padres; si reflexionarais en que este polaco no sabe siquiera lo que hace en España, en que será un quinto robado a su familia para servir a la ambición de un rey..., ¡qué diablo!, vosotros lo perdonaríais... ¡Sí, porque vosotros sois hombres antes que españoles, y este polaco es un hombre, un hermano vuestro! ¿Qué ganará España con la muerte de un tercianario? ¡Batíos hasta morir con todos los granaderos[25] de Napoleón; pero que sea en el campo de batalla! Y perdonad al débil; ¡sed generosos con el vencido; sed cristianos; no seáis verdugos!

—¡Basta de letanías! —dijo el que siempre había llevado la iniciativa de la crueldad, el que hacía andar a Iwa a fuerza de bayonetazos, el que quería comprar un empleo al precio de su cadáver.

—Compañero, ¿qué hacemos? —preguntó el otro, medio conmovido con mis palabras.

—¡Es muy sencillo! —repuso el primero—. ¡Mira!

Y sin darme tiempo, no digo de evitar, sino de prever sus movimientos, descerrajó un tiro sobre el corazón del polaco.

Iwa me miró con ternura, no sé si antes o después de morir.

[25] *granaderos:* soldados de infantería armados con granadas de mano.

Aquella mirada me prometió el cielo, donde acaso estaba ya el mártir.

En seguida los soldados me dieron una paliza con las baquetas[26] de los fusiles.

El que había matado al extranjero le cortó una oreja, que guardó en el bolsillo.

¡Era la credencial del empleo que deseaba!

Después desnudó a Iwa, y le robó... hasta cierto medallón (con un retrato de mujer o de santa) que llevaba al cuello.

Entonces se alejaron hacia Almería.

Yo enterré a Iwa en este barranco..., ahí..., donde está usted sentado..., y me volví a Gérgal, porque conocí que estaba malo.

Y con efecto, aquel lance me costó una terrible enfermedad, que me puso a las puertas de la muerte.

—¿Y no volvió usted a ver a aquellos soldados? ¿No sabe usted cómo se llamaban?

—No, señor; pero por las señas que me dio más tarde la viejecita que cuidó al polaco supe que uno de los dos españoles tenía el apodo de *Risas,* y que aquél era justamente el que había matado y robado al pobre extranjero...

En esto nos alcanzó la galera: el viejo y yo subimos al camino, nos apretamos la mano y nos despedimos muy contentos el uno del otro.

¡Habíamos llorado juntos!

[26] *baquetas:* varas delgadas que se usaban para cargar los fusiles.

III

Tres noches después tomábamos café varios amigos en el precioso casino de Almería.

Cerca de nosotros, y alrededor de otra mesa, se hallaban dos viejos militares retirados, comandante el uno y coronel el otro, según dijo alguno que los conocía.

A pesar nuestro, oíamos su conversación, pues hablaban tan alto como suelen los que han mandado mucho.

De pronto hirió mis oídos y llamó mi atención esta frase del coronel:

—El pobre *Risas*...

—¡*Risas!* —exclamé para mí.

Y me puse a escuchar de intento.[27]

—El pobre *Risas*... —decía el coronel— fue hecho prisionero por los franceses cuando tomaron a Málaga, y de depósito en depósito, fue a parar nada menos que a Suecia, donde yo estaba también cautivo, como todos los que no pudimos escaparnos con el Marqués de la Roma-

[27] *de intento:* intencionadamente.

na.[28] Allí lo conocí, porque intimó con Juan, mi asistente de toda la vida, o de toda mi carrera; y cuando Napoleón tuvo la crueldad de llevar a Rusia, formando parte de su Grande Ejército,[29] a todos los españoles que estábamos prisioneros en su poder, tomé de ordenanza[30] a *Risas*. Entonces me enteré de que tenía un miedo cerval a los polacos, o un terror supersticioso a Polonia, pues no hacía más que preguntarnos a Juan y a mí «si tendríamos que pasar por aquella tierra para ir a Rusia», estremeciéndose a la idea de que tal llegase a acontecer. Indudablemente, a aquel hombre, cuya cabeza no estaba muy firme, por lo mucho que había abusado de las bebidas espirituosas,[31] pero que en lo demás era un buen soldado y un mediano cocinero, le había ocurrido algo grave con algún polaco, ora en la guerra de España, ora en su larga peregrinación por otras naciones. Llegados a Varsovia,[32] donde nos detuvimos algunos días, *Risas* se puso gravemente enfermo, de fiebre cerebral, por resultas del terror pánico que le había acometido desde que entramos en tierra polonesa, y yo, que le tenía ya cierto cariño, no quise dejarlo allí solo cuando recibimos la orden de marcha, sino que conseguí de mis jefes que Juan se quedase en Varsovia cuidándolo, sin perjuicio de que, resuelta aquella crisis de un modo o de otro, saliese luego en mi busca con algún convoy de equipajes y víveres, de los muchos

[28] *Marqués de la Romana:* Don Pedro Caro y Sureda (1761-1811), capitán general y Grande de España; desde Dinamarca, por Suecia e Inglaterra, regresó a España con su ejército para unirse a las tropas que combatían a Napoleón en la península ibérica. [29] *Grande Ejército:* la "Grande Armée", ejército formado por Napoleón en 1812 para invadir Rusia. [30] *ordenanza:* asistente, soldado destinado al servicio de un jefe u oficial. [31] *espirituosas:* alcohólicas. [32] *Varsovia:* capital de Polonia.

que seguirían a la nube de gente en que mi regimiento figuraba a vanguardia. ¡Cuál fue, pues, mi sorpresa cuando el mismo día que nos pusimos en camino, y a las pocas horas de haber echado a andar, se me presentó mi antiguo asistente, lleno de terror, y me dijo lo que acababa de suceder con el pobre *Risas*! ¡Dígole a usted que el caso es de lo más singular y estupendo que haya ocurrido nunca! Oígame y verá si hay o no motivo para que yo haya olvidado esta historia en cuarenta y dos años. Juan había buscado un buen alojamiento para cuidar a *Risas* en casa de cierta labradora viuda, con tres hijas casaderas, que desde que llegamos a Varsovia los españoles no había dejado de preguntarnos a todos, por medio de intérpretes franceses, si sabíamos algo de un hijo suyo llamado Iwa, que vino a la guerra de España en 1808 y de quien hacía tres años no tenía noticia alguna, cosa que no pasaba a las demás familias que se hallaban en idéntico caso. Como Juan era tan zalamero, halló modo de consolar y esperanzar a aquella triste madre, y de aquí el que, en recompensa, ella se brindara a cuidar a *Risas* al verlo caer en su presencia atacado de la fiebre cerebral... Llegados a casa de la buena mujer, y estando ésta ayudando a desnudar al enfermo, Juan la vio palidecer de pronto y apoderarse convulsivamente de cierto medallón de plata, con una efigie o retrato en miniatura, que *Risas* llevaba siempre al pecho, bajo la ropa, a modo de talismán o conjuro contra los polacos, por creer que representaba a una Virgen o Santa de aquel país.

—*¡Iwa! ¡Iwa!* —gritó después la viuda de un modo horrible, sacudiendo al enfermo, que nada entendía, aletargado como estaba por la fiebre.

En esto acudieron las hijas, y enteradas del caso, cogieron el medallón, lo pusieron al lado del rostro de su madre, llamando por medio de señas la atención de Juan para que viese, como vio, que la tal efigie no era más que el retrato de aquella mujer, y encarándose entonces con él, visto que su compatriota no podía responderles, comenzaron a interrogarle mil cosas con palabras ininteligibles, bien que con gestos y ademanes, que revelaban claramente la más siniestra furia. Juan se encogió de hombros, dando a entender por señas que él no sabía nada de la procedencia de aquel retrato ni conocía a *Risas* más que de muy poco tiempo... El noble semblante de mi honradísimo asistente debió de probar a aquellas cuatro leonas encolerizadas que el pobre no era culpable... ¡Además, él no llevaba el medallón! Pero el otro... ¡al otro, al pobre *Risas*, lo mataron a golpes y lo hicieron pedazos con las uñas! Es cuanto sé con relación a este drama, pues nunca he podido averiguar por qué tenía *Risas* aquel retrato.

—Permítame usted que se lo cuente yo... —dije sin poder contenerme.

Y acercándome a la mesa del coronel y del comandante, después de ser presentado a ellos por mis amigos, les referí a todos la espantosa narración del minero.

Luego que concluí, el comandante, hombre de más de setenta años, exclamó con la fe sencilla del antiguo militar, con el arranque de un buen español y con toda la autoridad de sus canas:

—¡Vive Dios, señores, que en todo eso hay algo más que una casualidad!

Almería, 1854.

EL LIBRO TALONARIO

HISTORIETA RURAL

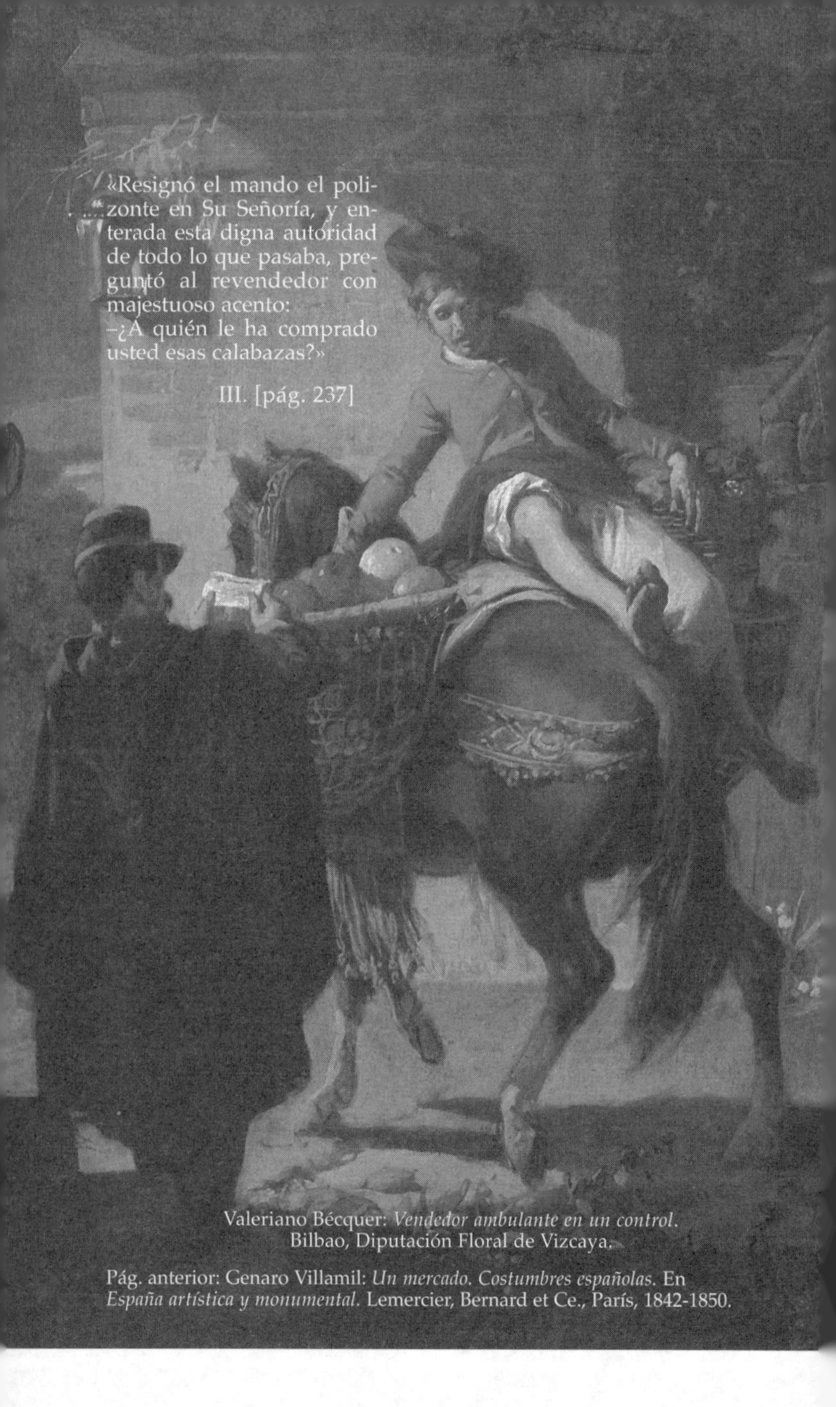

«Resignó el mando el polizonte en Su Señoría, y enterada esta digna autoridad de todo lo que pasaba, preguntó al revendedor con majestuoso acento:
–¿A quién le ha comprado usted esas calabazas?»

III. [pág. 237]

Valeriano Bécquer: *Vendedor ambulante en un control.*
Bilbao, Diputación Floral de Vizcaya.

Pág. anterior: Genaro Villamil: *Un mercado. Costumbres españolas.* En *España artística y monumental.* Lemercier, Bernard et Ce., París, 1842-1850.

I

La acción comienza en Rota.[1] Rota es la menor de aquellas encantadoras poblaciones hermanas que forman el amplio semicírculo de la bahía de Cádiz; pero, con ser la menor, no ha faltado quien ponga los ojos en ella. El duque de Osuna,[2] a título de duque de Arcos, la ostenta entre las perlas de su corona hace muchísimo tiempo, y tiene allí su correspondiente castillo señorial, que yo pudiera describir piedra por piedra...

Mas no se trata aquí de castillos ni de duques, sino de los célebres campos que rodean a Rota y de un humildísimo hortelano, a quien llamaremos el *tío Buscabeatas,* aunque no era éste su verdadero nombre.

Los campos de Rota (particularmente las huertas) son tan productivos que, además de tributarle al duque de Osuna muchos miles de fanegas[3] de grano y de abas-

[1] *Rota:* población de Cádiz. [2] *duque de Osuna:* Probablemente se refiere a don Mariano Téllez Girón, XII duque de Osuna, que vivió entre 1814 y 1882. En 1780 la villa de Rota había pasado al ducado de Osuna al fallecer el XI duque de Arcos sin descendencia. [3] *fanega:* unidad de medida de grano, variable según las regiones.

tecer de vino a toda la población (poco amante del agua potable y malísimamente dotada de ella), surten de frutas y legumbres a Cádiz, y muchas veces a Huelva, y en ocasiones a la misma Sevilla, sobre todo en los ramos de tomates y calabazas, cuya excelente calidad, suma abundancia y consiguiente baratura exceden a toda ponderación, por lo que en *Andalucía la baja*[4] se da a los roteños el dictado de *calabaceros* y de *tomateros,* que ellos aceptan con noble orgullo.

Y, a la verdad, motivo tienen para enorgullecerse de semejantes motes, pues es el caso que aquella tierra de Rota, que tanto produce (me refiero a la de las huertas); aquella tierra que da para el consumo y para la exportación; aquella tierra que rinde tres o cuatro cosechas al año, no es tal tierra ni Cristo que la fundó,[5] sino arena pura y limpia, expelida[6] sin cesar por el turbulento Océano, arrebatada por los furiosos vientos del Oeste y esparcida sobre toda la comarca roteña, como las lluvias de ceniza que caen en las inmediaciones del Vesubio.[7]

Pero la ingratitud de la naturaleza está allí más que compensada por la constante laboriosidad del hombre. Yo no conozco ni creo que haya en el mundo labrador que trabaje tanto como el roteño. Ni un leve hilo de agua dulce fluye por aquellos melancólicos campos... ¿Qué importa? ¡El *calabacero* los ha acribillado materialmente de pozos, de donde saca, ora a pulso, ora por

[4] *Andalucía la baja:* tierras que se extienden a lo largo del Valle del Guadalquivir. [5] *ni Cristo que la fundó:* expresión popular. Indica una negación rotunda: "de ningún modo". [6] *expelida:* arrojada. [7] *Vesubio:* famoso volcán situado en la bahía de Nápoles. En el año 79, su erupción sepultó las ciudades de Pompeya y Herculano.

medio de norias,[8] el precioso humor que sirve de sangre a los vegetales! La arena carece de fecundos principios, del asimilable *humus*.[9] ¿Qué importa? ¡El *tomatero* pasa la mitad de su vida buscando y allegando sustancias que puedan servir de abono y convirtiendo en estiércol hasta las algas del mar! Ya poseedor de ambos preciosos elementos, el hijo de Rota va estercolando pacientemente, no su heredad entera (pues le faltaría abono para tanto), sino redondeles de terreno del vuelo de un plato chico, y en cada uno de estos redondeles estercolados siembra un grano de simiente de tomate o una pepita de calabaza, que riega luego a mano con un jarro muy diminuto, como quien da de beber a un niño.

Desde entonces hasta la recolección cuida diariamente una por una las plantas que nacen en aquellos redondeles, tratándolas con un mimo y un esmero sólo comparables a la solicitud con que las solteronas cuidan sus macetas. Un día le añade a tal mata un puñadito de estiércol, otro le echa una chorreadita de agua, ora las limpia a todas de orugas y demás insectos dañinos, ora cura a las enfermas, entablilla a las fracturadas y pone parapetos de caña y hojas secas a las que no pueden resistir los rayos del sol o están demasiado expuestas a los vientos del mar; ora, en fin, cuenta los tallos, las hojas, las flores o los frutos de las más adelantadas y precoces, y les habla, las acaricia, las besa, las bendice y hasta les pone expresivos nombres para distinguirlas e individualizarlas en su imaginación. Sin exagerar: es ya

[8] *norias:* instrumentos mecánicos utilizados para sacar agua de los pozos.
[9] *humus:* materia orgánica de la capa superior del suelo.

un proverbio (y yo lo he oído repetir muchas veces en Rota) que el hortelano de aquel país *toca por lo menos cuarenta veces con su propia mano a cada mata de tomate que nace en su huerta.* Y así se explica que los hortelanos viejos de aquella localidad lleguen a quedarse encorvados hasta tal punto que casi se dan con las rodillas en la barba...

¡Es la postura en que han pasado toda su noble y meritoria vida!

II

Pues bien; el *tío Buscabeatas* pertenecía al gremio de estos hortelanos.

Ya principiaba a encorvarse en la época del suceso que voy a referir, y era que ya tenía sesenta años... y llevaba cuarenta de labrar una huerta lindante con la playa de la *Costilla.*

Aquel año había criado allí unas estupendas calabazas, tamañas como bolas decorativas de pretil[10] de puente monumental, y que ya principiaban a ponerse por dentro y por fuera de color de naranja, lo cual quería decir que había mediado el mes de junio. Conocíalas perfectamente el *tío Buscabeatas* por la forma, por su grado de madurez y hasta de nombre, sobre todo a los cuarenta ejemplares más gordos y lucidos, que ya estaban diciendo *guisadme,* y pasábase los días mirándolos con ternura y exclamando melancólicamente:

—*¡Pronto tendremos que separarnos!*

[10] *pretil:* muro pequeño o barandilla que se pone en los puentes.

Al fin, una tarde se resolvió al sacrificio, y señalando a los mejores frutos de aquellas amadísimas cucurbitáceas[11] que tantos afanes le habían costado, pronunció la terrible sentencia:

—Mañana —dijo— cortaré estas cuarenta, y las llevaré al mercado de Cádiz. ¡Feliz quien se las coma!

Y se marchó a su casa con paso lento, y pasó la noche con las angustias del padre que va a casar una hija al día siguiente.

—¡Lástima de mis calabazas! —suspiraba a veces sin poder conciliar el sueño. Pero luego reflexionaba, y concluía por decir—: Y ¿qué he de hacer sino salir de ellas? ¡Para eso las he criado! Lo menos van a valerme quince duros...

Gradúese, pues, cuánto sería su asombro, cuánta su furia y cuál su desesperación cuando al ir a la mañana siguiente a la huerta halló que durante la noche le habían robado las cuarenta calabazas... Para ahorrarme de razones, diré que, como el judío de Shakespeare,[12] llegó al más sublime paroxismo[13] trágico, repitiendo frenéticamente aquellas terribles palabras de Shyllock,[14] en que tan admirable dicen que estaba el actor Kemble:

—*¡Oh! ¡Si te encuentro! ¡Si te encuentro!*

Púsose luego el *tío Buscabeatas* a recapacitar fríamente, y comprendió que sus amadas prendas no podían

[11] *cucurbitáceas:* tipo de plantas de tallo rastrero que producen frutos carnosos: calabazas, melones, pepinos, etc. [12] *judío de Shakespeare:* William Shakespeare (1564-1616), dramaturgo inglés, quizá el más importante autor de teatro de todos los tiempos (*Hamlet, El rey Lear, Romeo y Julieta,* etc.). El judío del que habla es Shyllock. V. nota 14. [13] *paroxismo:* exaltación extrema de pasiones o sentimientos. [14] *Shyllock:* famoso personaje judío que aparece en la obra *El mercader de Venecia,* de W. Shakespeare.

estar en Rota, donde sería imposible ponerlas a la venta sin riesgo de que él las reconociese y donde, por otra parte, las calabazas tienen muy bajo precio.

—¡Como si lo viera, están en Cádiz! —dedujo de sus cavilaciones—. El infame, pícaro, ladrón debió de robármelas anoche a las nueve o las diez, y se escaparía con ellas a las doce en el *barco de la carga...* ¡Yo saldré para Cádiz hoy por la mañana en el *barco de la hora,* y maravilla será que no atrape al ratero y recupere a las hijas de mi trabajo!

Así diciendo, permaneció todavía cosa de veinte minutos en el lugar de la catástrofe, como acariciando las mutiladas calabaceras, o contando las calabazas que faltaban, o extendiendo una especie de *fe de livores*[15] para algún proceso que pensara incoar[16] hasta que, a eso de las ocho, partió con dirección al muelle.

Ya estaba dispuesto para hacerse a la vela *el barco de la hora,* humilde falucho[17] que sale todas las mañanas para Cádiz a las nueve en punto conduciendo pasajeros, así como *el barco de la carga* sale todas las noches a las doce conduciendo frutas y legumbres.

Llámase *barco de la hora* el primero porque en este espacio de tiempo, y hasta en cuarenta minutos algunos días, si el viento es de popa, cruza las tres leguas que median entre la antigua villa del duque de Arcos y la antigua ciudad de Hércules...[18]

[15] *fe de livores:* diligencia que extiende el escribano en las causas criminales. [16] *incoar:* iniciar. [17] *falucho:* embarcación costera de vela triangular. [18] *ciudad de Hércules:* Cádiz, según una leyenda, fue fundada por Hércules. La frase se refiere a la distancia entre Rota y Cádiz.

III

Eran, pues, las diez y media de la mañana cuando aquel día se paraba el *tío Buscabeatas* delante de un puesto de verduras del mercado de Cádiz, y le decía a un aburrido polizonte que iba con él:

—¡Estas son mis calabazas! ¡Prenda usted a ese hombre!

Y señalaba al revendedor.

—¡Prenderme a mí! —contestó el revendedor, lleno de sorpresa y de cólera—. Estas calabazas son mías: yo las he comprado...

—Eso podrá usted contárselo al alcalde —repuso el *tío Buscabeatas.*

—¡Que no!

—¡Que sí!

—¡Tío ladrón!

—¡Tío tunante!

—¡Hablen ustedes con más educación, so indecentes![19] ¡Los hombres no deben faltarse de esa manera!

[19] *so indecentes:* expresión despectiva usada para increpar a alguien.

—dijo con mucha calma el polizonte, dando un puñetazo en el pecho a cada interlocutor.

En esto ya había acudido alguna gente, no tardando en presentarse también allí el regidor[20] encargado de la policía de los mercados públicos, o sea el *Juez de abastos*, que es su verdadero nombre.

Resignó el mando el polizonte en Su Señoría, y enterada esta digna autoridad de todo lo que pasaba, preguntó al revendedor con majestuoso acento:

—¿A quién le ha comprado usted esas calabazas?

—Al tío Fulano, vecino de Rota... —respondió el interrogado.

—¡Ese había de ser! —gritó el *tío Buscabeatas*—. ¡Muy abonado es para el caso! ¡Cuando su huerta, que es muy mala, le produce poco, se mete a robar en la del vecino!

—Pero admitida la hipótesis de que a usted le han robado anoche cuarenta calabazas —siguió interrogando al regidor, volviéndose al viejo hortelano—, ¿quién le asegura a usted que éstas, y no otras, son las suyas?

—¡Toma! —replicó el *tío Buscabeatas*—. ¡Porque las conozco como usted conocerá a sus hijas, si las tiene! ¿No ve usted que las he criado? Mire usted: ésta se llama *rebolonda;* ésta, *cachigordeta;* ésta, *barrigona;* ésta, *coloradilla;* ésta, *Manuela...*, porque se parecía mucho a mi hija la menor...

Y el pobre viejo se echó a llorar amarguísimamente.

—Todo eso está muy bien... —repuso el juez de abastos—; pero la ley no se contenta con que usted reconozca sus calabazas. Es menester que la autoridad se convenza al mismo tiempo de la preexistencia de la cosa y

[20] *regidor:* concejal.

que usted la identifique con pruebas fehacientes... Señores, no hay que sonreírse... ¡Yo soy abogado!

—¡Pues verá usted qué pronto le pruebo yo a todo el mundo, sin moverme de aquí, que esas calabazas se han criado en mi huerta! —dijo el *tío Buscabeatas,* no sin grande asombro de los circunstantes.

Y soltando en el suelo un lío que llevaba en la mano, agachose, arrodillándose hasta sentarse sobre los pies y se puso a desatar tranquilamente las anudadas puntas del pañuelo que lo envolvía.

La admiración del concejal, del revendedor y del corro subió de punto.

—¿Qué va a sacar de ahí? —se preguntaban todos.

Al mismo tiempo llegó un nuevo curioso a ver qué ocurría en aquel grupo, y habiéndole divisado el revendedor, exclamó:

—¡Me alegro de que llegue usted, tío Fulano! Este hombre dice que las calabazas que me vendió usted anoche, y que están aquí oyendo la conversación, son robadas... Conteste usted...

El recién llegado se puso más amarillo que la cera, y trató de irse; pero los circunstantes[21] se lo impidieron materialmente, y el mismo regidor le mandó quedarse.

En cuanto al *tío Buscabeatas,* ya se había encarado con el presunto ladrón, diciéndole:

—¡Ahora verá usted lo que es bueno!

El tío Fulano recobró su sangre fría, y expuso:

—Usted es quien ha de ver lo que habla; porque, si no prueba, y no podrá probar su denuncia, lo llevaré a

21 *circunstantes:* que están alrededor.

la cárcel por calumniador. Estas calabazas eran mías; yo las he criado, como todas las que he traído este año a Cádiz, en mi huerta del *Egido*, y nadie podrá probarme lo contrario.

—¡Ahora verá usted! —repitió el *tío Buscabeatas*, acabando de desatar el pañuelo y tirando de él.

Y entonces se desparramaron por el suelo una multitud de trozos de tallo y calabacera, todavía verdes y chorreando jugo, mientras que el viejo hortelano, sentado sobre sus piernas y muerto de risa, dirigía el siguiente discurso al concejal y a los curiosos:

—Caballeros: ¿no han pagado ustedes nunca contribución? ¿Y no han visto aquel libraco verde que tiene el recaudador, de donde va cortando recibos, dejando allí pegado un tocón o pezuelo,[22] para que luego pueda comprobar si tal o cual recibo es falso o no lo es?

—Lo que usted dice se llama el *libro talonario*— observó gravemente el regidor.

—Pues eso es lo que yo traigo aquí: el *libro talonario* de mi huerta, o sea los cabos a que estaban unidas estas calabazas antes de que me las robasen. Y, si no, miren ustedes. Este cabo era de esta calabaza... Nadie puede dudarlo... Este otro..., ya lo están ustedes viendo..., era de esta otra. Este más ancho... debe de ser de aquélla... ¡Justamente! Y éste es de ésta... Ése es de ésa... Ésta es de aquél...

Y, en tanto que así decía, iba adaptando un cabo o pedúnculo a la excavación que había quedado en cada calabaza al ser arrancada, y los espectadores veían con

[22] *tocón o pezuelo:* matriz o parte del libro que queda encuadernada tras cortar los talones.

asombro que, efectivamente, la base irregular y caprichosa de los pedúnculos convenía del modo más exacto con la figura blanquecina y leve concavidad que presentaban las que pudiéramos llamar cicatrices de las calabazas.

Pusiéronse, pues, en cuclillas los circunstantes, incluso los polizontes y el mismo concejal, y comenzaron a ayudarle al *tío Buscabeatas* en aquella singular comprobación, diciendo todos a un mismo tiempo con pueril regocijo:

—¡Nada! ¡Nada! ¡Es indudable! ¡Miren ustedes! Este es de aquí... Ese es de ahí... Aquélla es de éste... Esta es de aquél.

Y las carcajadas de los grandes se unían a los silbidos de los chicos, a las imprecaciones de las mujeres, a las lágrimas de triunfo y alegría del viejo hortelano y a los empellones que los guindillas[23] daban ya al convicto ladrón, como impacientes por llevárselo a la cárcel.

Excusado es decir que los guindillas tuvieron este gusto; que el tío Fulano viose obligado desde luego a devolver al revendedor los quince duros que de él había percibido; que el revendedor se los entregó en el acto al *tío Buscabeatas,* y que éste se marchó a Rota sumamente contento, bien que fuese diciendo por el camino:

—¡Qué hermosas estaban en el mercado! ¡He debido traerme a *Manuela,* para comérmela esta noche y guardar las pepitas!

Noviembre de 1877.

[23] *guindillas:* policías municipales.

Guía de lectura

1. EL ENTORNO HISTÓRICO Y CULTURAL

ÉPOCA. En el año 1833, fecha del nacimiento de Pedro Antonio de Alarcón, se inicia en nuestro país, con la muerte del rey absolutista Fernando VII, una de las etapas más complejas de la historia de España, marcada por crispaciones y revueltas que se prolongan a lo largo del siglo.

La muerte del rey reavivó el problema dinástico, al haberse suprimido en última instancia la Ley Sálica, implantada por los Borbones, que impedía reinar a las mujeres. El hermano del monarca, Carlos M.ª Isidro, que considera lesionados sus derechos a la sucesión, se convierte en baluarte de un activo sector del país, localizado sobre todo en el norte de España (País Vasco, Navarra, Maestrazgo, etc.), el cual se levanta en armas contra el gobierno de la reina María Cristina, regente durante la minoría de edad de la heredera, la princesa Isabel. Estalla la primera guerra carlista (1833-1840), que finaliza con el Convenio de Vergara, firmado por los generales Maroto y Espartero. Sin embargo, el acuerdo de Vergara no significó el final de una contienda que, en esencia, termina polarizándose en torno a dos concepciones ideológicas contrapuestas: tradición frente a liberalismo. Las guerras carlistas se reproducirán a lo largo del siglo en dos ocasiones más.

Durante el reinado de Isabel II, adoptada la monarquía constitucionalista, la actividad política transcurre a la sombra de grandes generales (Espartero, O'Donnell, Narváez, Serrano...) que, mediante pronunciamientos, se suceden en la presidencia de los distintos gobiernos. Las revoluciones exteriores (Revolución de París de 1848) proyectan su influencia en la vida política española, anegada en continuas refriegas entre los núcleos ideológicos de las distintas etapas:

absolutistas y liberales; moderados y progresistas, etc. La pugna entre actitudes contrarias desembocó en la célebre Revolución de 1868, conocida como la *Gloriosa.* La Reina abandona el país.

Los años siguientes se caracterizan por la indefinición institucional. La presencia de un monarca buscado en el extranjero, Amadeo de Saboya, apenas permitió un reinado de dos años escasos. Siguió a esta aventura la proclamación de la I República (1873) que significó un nuevo fracaso y se selló con enfrentamientos de distinto cariz. Tras un golpe de Estado del general Pavía a comienzos del año 1874, el general Martínez Campos encabeza el levantamiento de Sagunto (29 de diciembre de 1874), mediante el cual se restaura la monarquía borbónica en la persona de Alfonso XII, hijo de Isabel II. El último cuarto de siglo estuvo presidido por una cierta estabilidad atemperada por el turno en el poder de las dos opciones predominantes: conservadores (Cánovas del Castillo) y liberales (Sagasta). La muerte del rey en 1886 no produjo la desestabilización del sistema, sino que la vida política continuó en los mismos términos bajo la regencia de María Cristina, esposa del monarca fallecido y madre de un nuevo vástago que, más tarde, reinaría con el nombre de Alfonso XIII.

En el **plano social,** el ascenso de la burguesía logra suprimir la estructura en estamentos, propia del Antiguo Régimen, e impulsar la revolución liberal; pero no consigue vertebrar una sociedad moderna y equitativa. La desamortización de las posesiones de la Iglesia y de las propiedades de los municipios, que entrañaba una auténtica reforma agraria, no logró su objetivo de dotar a los campesinos de bienes propios ni redujo el poder de los grandes terratenientes. Y a pesar del indudable desarrollo económico e industrial (organización de la banca, ferrocarril, carreteras, puentes, telégrafos, etc.), consecuencia de los grandes avances que se estaban consiguiendo en el mundo, el progreso español no alcanza las cotas de los principales países europeos.

La burguesía, aunque no demasiado numerosa, domina las instituciones y el entramado social, mientras que el proletariado, esencialmente de base rural, comienza a tomar conciencia de su fuerza, sobre todo en las escasas zonas industriales y mineras (Cataluña, País Vasco, Asturias). En las últimas décadas del siglo se detectará un fuerte movimiento migratorio del campo a los núcleos urbanos e industriales, así como una intensa emigración al extranjero, en especial a Iberoamérica.

La **cultura**, hacia mediados del siglo XIX, presenta un panorama de bajo nivel, a pesar de la buena voluntad de algunos proyectos en el campo de la instrucción pública (Plan Gil y Zárate, de 1845, o la famosa Ley Moyano, de 1857). Se trata de intentos que permitieron impulsar la educación y los estudios de los jóvenes de clase media, pero que no solucionaron el problema endémico del analfabetismo de las clases más humildes. El papel preponderante de la Iglesia, en connivencia con la burguesía, se concreta en la aceptación de una realidad injusta, sufrida con mansedumbre dentro de los cauces de la moderación. En el campo de la formación intelectual, la influyente presencia de seminarios y centros religiosos canaliza una educación acorde con estos principios de vida.

En cuanto a las corrientes culturales, superado el apogeo del Romanticismo, el bosquejo de determinados aspectos coloristas de la vida cotidiana facilita la introducción del pintoresquismo que caracteriza al movimiento costumbrista. Por otra parte, la observación de la realidad pronto detecta la presencia de desajustes y lacras sociales de fácil comprobación; se inicia así la aparición del Realismo, que promueve el análisis del entorno social y configura una nueva visión del mundo. Más tarde, las propuestas de estudio y experimentación que preconizan el empirismo y el positivismo se orientan hacia nuevas vías de investigación científica (herencia, evolución de las especies, etc.), que terminan desvelando los aspectos más ásperos y sórdidos de la naturaleza humana. Surge un nuevo movimiento, al Naturalismo, que en España, debido a la fuerte presencia del catolicismo moralizante, no alcanzó la proyección adecuada.

La prensa desempeñó un papel importante de transmisión ideológica; en sus páginas se reproduce el fragor de los vaivenes políticos y de los enfrentamientos partidistas, al tiempo que sirve de tribuna a eruditos e intelectuales. Con el tiempo, las publicaciones periódicas moderarán sus posiciones y se entregarán al ejercicio de la información de forma más abierta e independiente.

Hacia 1860 aparece en nuestro país un movimiento filosófico original, el krausimo, introducido por Sanz del Río e impulsado por sectores de la intelectualidad más inquieta. Este movimiento pudo representar una valiosa opción de cambio y renovación ética a gran escala; sin embargo, su desarrollo se redujo a determinadas esferas de influencia a través de la Institución Libre de Enseñanza. Los loables planteamientos de la Institución no se extendieron a los ámbitos populares, donde más necesaria era una revolución educativa y cultural.

La Restauración, a partir de 1875, propició un estimable auge, que se proyectó en los campos artísticos, literarios y científicos, aunque nunca llegó a significar ese auténtico revulsivo que la sociedad española necesitaba y que serviría de estímulo a los intelectuales e ideólogos regeneracionistas.

MOVIMIENTOS LITERARIOS. El Romanticismo, movimiento que revolucionó la literatura europea a finales del siglo XVIII y en los albores del XIX, llegó a España tardíamente, tras la muerte de Fernando VII y el regreso de los liberales exiliados. Si consideramos la fecha de 1835, año del estreno de *Don Álvaro o la fuerza del sino,* del duque de Rivas, como referencia del triunfo del Romanticismo en España, podemos asegurar que el movimiento tuvo una vida efímera, ya que hacia mediados de la década de los 40 el crédito romántico se encontraba agotado, aunque determinados planteamientos perdurarán bastante tiempo, tanto en los gustos populares como en la producción de algunos literatos, como Alarcón.

El movimiento que inicia el reemplazo de los tópicos y la ideología romántica es el Costumbrismo. Las primeras muestras costumbristas se detectan en artículos aparecidos en las publicaciones periódicas de manos de autores como Larra, Estébanez Calderón o Mesonero Romanos. En 1849, la publicación de *La gaviota,* de Fernán Caballero, significa la fijación del género en la novela. No será más que un movimiento de transición, pues poco después, por influencia de algunos autores franceses determinantes (Balzac, Stendhal, Flaubert) un nuevo movimiento, el Realismo, acapara las preferencias de los escritores españoles, al tiempo que se configura una nueva percepción del mundo, del arte y de la relación entre literatura y pensamiento. Su difusión en el marco de la narrativa española permitió la floración de un importante manojo de novelistas de indudable valía: Valera, Alarcón, Pereda, Pérez Galdós, Blasco Ibáñez, Palacio Valdés, Emilia Pardo Bazán, Clarín, etc.

La influencia del Naturalismo, como indicamos, quedó difuminada por el contexto, y el debate de su desarrollo apenas prosperó. Las postrimerías del siglo reciben el flujo de una especie de realismo espiritualista, derivado de ciertas influencias de origen ruso, caso de algunas novelas de Galdós.

En el ocaso de la vida de Alarcón aparecen en el horizonte nuevas perspectivas en el campo de la creación literaria, con la aportación de originales concepciones contrarias a los presupuestos realistas. El Modernismo, surgido en América, prenderá pronto en las fórmulas creativas de notables autores españoles, e incluso derivará por cauces propios y personales que terminarán germinando en una corriente genuinamente española: la Generación del 98. Estos dos últimos movimientos sirven de arranque ya de la literatura del siglo XX.

II. PROPUESTA DE ACTIVIDADES

La lectura de un texto narrativo (novela, cuento, etc.) no debe reducirse al seguimiento de una historia más o menos atractiva o intrigante. La lectura debe aspirar al análisis y la reflexión en torno a cuestiones tales como: las propuestas del autor (tema, intención, etc.), los elementos que configuran el mundo en que se desarrollan los hechos y sus protagonistas (época, espacio, personajes, etc.), o los recursos técnicos que se utilizan al trasmitir el contenido a unos receptores: estructura, lenguaje, etc.

(1) TEMA Y RESUMEN. Como sabes, cuando hablamos de **tema,** en una narración, nos referimos a la idea o asunto sobre el que trata la historia. Se suele condensar en una frase, o incluso en un solo término. En el **resumen** se recoge con brevedad el contenido esencial de una historia. El resumen de un relato de muchas páginas se puede reducir a unas líneas, ya que solo incluye los hechos más generales.

a) Concreta el tema de la novela *El capitán Veneno.* ¿Cuál es el tema del cuento *El extranjero?*
b) Escribe en unas líneas el resumen del cuento *El clavo.*
c) Haz un resumen (máximo 4 líneas) del cuento *El libro talonario.*

La **verosimilitud** se refiere a la apariencia de verdad que presenta la historia narrada. Alarcón se preocupó de que sus obras resultaran verosímiles, pero no siempre lo consiguió.

d) ¿Te parece totalmente verosímil la historia que se cuenta en *El clavo?* ¿Y la de *El extranjero?* Expresa tu opinión al respecto.

(2) NARRADOR Y PUNTO DE VISTA. El **narrador** es un ente de ficción, introducido por el **autor,** que sirve de intermediario con el **lector**; en definitiva es quien cuenta la historia y puede adoptar distintos **puntos de vista** ante los hechos (narrador externo, n. interno, n. omnisciente, n. testigo).

a) ¿Qué tipo de narrador aparece en *El capitán Veneno?*
b) Explica quién es el narrador o los narradores del cuento *El extranjero.*
c) ¿Qué tipo de narrador o narradores encontramos en *El clavo?*

(3) ESTRUCTURA. La **estructura** de un relato se define como la distribución de los hechos y su organización a la hora de exponer los distintos acontecimientos. Distinguimos entre **estructura externa** (división del texto en partes, capítulos, etc.) y **estructura interna** (organización interna del contenido del discurso).

a) Concreta la estructura externa de *El capitán Veneno.*
b) Comenta la estructura interna de *El clavo.*
c) Explica la estructura interna del cuento *El libro talonario.*
d) La estructura de *El capitán Veneno* se cierra con un epílogo: comenta qué es un epílogo y concreta la función del que señalamos.

Si te fijas, en los textos publicados por Pedro A. de Alarcón predominan los capítulos cortos, en muchos casos subtitulados. Teniendo en cuenta que estos trabajos se publicaron inicialmente en periódicos y revistas:

a) Expón tus conclusiones a la hora de justificar ese afán de subtitular cada capítulo y cada parte.
b) ¿Te parece acertado que se ofrezcan titulados los capítulos de *El clavo?* ¿Consideras apropiados los títulos de los distintos capítulos? Razona tus respuestas.

(4) TIEMPO. En cuanto al factor **tiempo** distinguimos entre el **tiempo externo** (época en que suceden los hechos narrados) y el **tiempo interno** (tiempo que dura la acción de los hechos o tiempo de la historia).

a) En la novela *El capitán Veneno* concreta con claridad el tiempo externo y el tiempo interno.
b) Distingue en *El extranjero* los hechos que juzgas que pertenecen a la ficción y concreta los acontecimientos históricos a los que se hace referencia.
c) Señala los indicadores del tiempo que aparecen en el cuento *El libro talonario.*

Mientras con la presencia de los diálogos **(escena)** se equiparan el tiempo de la historia (los hechos) y el del discurso, la técnica de la **elipsis** permite omitir fragmentos del tiempo de la historia. El **resumen** se utiliza como técnica para concentrar el tiempo de la fábula.

a) Señala algún ejemplo de diálogo, tomado de *El capitán Veneno,* y comprueba cómo se equiparan el tiempo de la historia y el del discurso. ¿Te parecen reales esos diálogos o demasiado literarios?
b) Pon ejemplos de la presencia de la elipsis tomados del cuento *El extranjero.*
c) Pon algún ejemplo de resumen utilizado en el cuento *El clavo.*

La técnica de la **retrospección** (o **flash back)** permite retroceder hacia atrás en el tiempo para narrar hechos ocurridos con anterioridad al momento en que el narrador se sitúa para contar la historia.

a) Señala ejemplos de la utilización de esta técnica en el cuento *El extranjero.*

Atendiendo al tiempo de la historia, la estructura puede ser **lineal** (inicio, desarrollo, cierre); comenzar **«in medias res»** (en medio del tiempo de la historia), o **«in extremas res»** (al final de la historia).

a) Señala, aportando las razones oportunas, el tipo de estructura de *El capitán Veneno.*

(5) ESPACIO. El espacio se concreta en los lugares en que se sitúan los personajes y ocurren los hechos.

a) Señala la presencia del espacio en el cuento *El libro talonario.*
b) Comenta la utilización del espacio (o espacios) en *El clavo.*

(6) PERSONAJES. En la narración, los **personajes** desempeñan un papel esencial ya que son los que realizan las acciones. Los personajes, atendiendo a su presencia, pueden ser: **protagonistas** y **secundarios.** Estos últimos se subdividen en: **comparsas** (colaboran con los protagonistas) y **personajes fugaces** (cumplen una función complementaria). En cuanto a su complejidad se distingue entre personajes **redondos** (evolucionan a lo largo de la historia) y personajes **planos** (no evolucionan; representan prototipos).

a) Atendiendo a la presencia, clasifica los personajes de *El capitán Veneno.*
b) ¿Qué personajes de la novela anterior te parecen más logrados? ¿Por qué?
c) Señala los personajes redondos que encuentres en *El clavo.* Explica tus razones para considerarlos como tales.
d) ¿Quiénes son los protagonistas y los comparsas del cuento *El extranjero?* Comenta el comportamiento ético de cada uno de ellos.
e) ¿El personaje de Angustias, en *El capitán Veneno,* te parece un personaje romántico o realista? Razona tu respuesta.

(7) RASGOS LINGÜÍSTICOS. En los textos narrativos, por lo general, confluyen distintas formas de discurso: **descripciones, diálogos,** etc.

a) Clasifica las formas de discurso que encuentres en el cuento *El libro talonario.* Pon ejemplos de cada una.

En cuanto al estilo, suele considerarse el lenguaje de Pedro A. de Alarcón como un lenguaje fácil, espontáneo, retórico...

a) Expón tu opinión razonada al respecto, en relación con la novela *El capitán Veneno.*
b) ¿Qué detalles estilísticos detectas en *El clavo* que consideres desfasados respecto a la norma literaria actual?
c) ¿Qué opinión, en general, te merece Alarcón como escritor. (Resume tu respuesta en ocho líneas máximo).

(8) TEMAS DE DEBATE. Ligada al **tema,** que comentábamos en el apartado 1, aparece la **intención;** esto es, el propósito del autor al elegir un tema y desarrollarlo con una finalidad determinada.

a) Indica la posible intención del autor en el cuento *El extranjero.* ¿Te parece un propósito oportuno para reflexionar sobre él en la actualidad?

b) **Debate:** ¿Un autor (escritor, director de cine, cantautor...) debe limitarse a componer obras que diviertan y entretengan, o debe tratar de influir en los receptores para cambiar la mentalidad de la gente? ¿Qué obras prefieres tú como receptor?

c) A partir del cuento *El extranjero,* realizad en clase, como ejercicio de empleo de la lengua oral, un simulacro de juicio (jueces, fiscal acusador, abogados defensores) a un supuesto enemigo preso en combate.

d) Teniendo en cuenta el relato *El clavo,* realizad en clase un **debate** sobre el tema: «La pena de muerte». Plantead, para debatirla primero en equipo o en pequeños grupos, la pregunta: «¿Hubieras condenado a Gabriela Zahara a la pena capital por el crimen cometido?» Exponed las conclusiones de cada equipo en una puesta en común.

e) Tras leer el cuento *El libro talonario,* **debatid** en pequeño grupo las posibles soluciones (castigos, reinserción, etc.) que se deben aplicar a los autores de pequeños hurtos. Cada equipo expone sus conclusiones en una puesta en común.

(9) OTRAS PROPUESTAS.

a) Teniendo en cuenta la escena de la «rendición» amorosa de don Jorge (Parte cuarta, final del cap. III de *El capitán Veneno),* escribe una escena dialogada, en forma teatral, que reproduzca un pasaje semejante.

b) Haz un mapa con el itinerario que realiza el narrador inicial del cuento *El extranjero.*

c) Tras leer *El libro talonario,* intenta escribir una narración corta (máximo un folio) basada en una anécdota graciosa.

d) ¿Crees que sería fácil transformar la novela *El capitán Veneno* en pieza teatral? ¿Por qué? ¿En cuantos actos la dividirías? ¿Cómo distribuirías la acción? ¿En que subgénero la clasificarías: drama, comedia, sainete...? ¿Qué final propondrías?

Bibliografía

1. PARA EL PROFESOR

Alarcón, Pedro A. de: *Obras completas*, Madrid, Ed. Fax, 1968.

Última edición de las obras completas del autor. El volumen incluye un estudio preliminar de L. Martínez Kleiser y una biografía del escritor guadijeño realizada por M. Catalina. Se aconseja su consulta por distintas razones, entre otras: el hecho de recoger los textos definitivos revisados por el autor y, además, el encontrar entre sus páginas el comentario *Historia de mis libros*, con el que Alarcón trata de justificar su producción y sus presupuestos artísticos.

Baquero Goyanes, M.: *El cuento español en el siglo XIX*, Madrid, C.S.I.C., 1949.

El estudio de Baquero Goyanes ha sido reconocido como uno de los trabajos más consistentes sobre la producción cuentística del siglo XIX. Dada la importancia de Alarcón como autor de relatos cortos, una de las facetas más estimadas de su quehacer narrativo, la obra de Baquero reviste especial interés al abordar la producción del autor granadino en este campo.

De Coster, C.: *Pedro Antonio de Alarcón*, Boston, Twayne, 1979.

En este trabajo se da noticia, en inglés, de la vida y la obra de P. A. de Alarcón y se analizan los principales títulos de este autor, entre ellas los cuentos y *El capitán Veneno*. Incluye un buen acopio de notas al final del texto y una aceptable bibliografía.

Fernández Montesinos, J.: *Pedro Antonio de Alarcón*, Madrid, Castalia, 1977.

Es este uno de los estudios más detallados sobre la obra de Alarcón. Montesinos realiza un cuidadoso análisis de la producción del maestro de Guadix, prestando especial atención a las distintas ediciones de sus obras y a las numerosas y significativas variantes que el autor introduce en cada revisión, uno de los aspectos más interesantes de un escritor que, por lo general, recurría a su excesiva facilidad de creación.

Leguen, B.: *Estructuras narrativas en los cuentos de Alarcón,* Madrid, UNED, 1988.

La autora de este estudio realiza un importante esfuerzo de análisis de la obra cuentística de Alarcón, aplicando las aportaciones más actuales de la narratología a los relatos del autor granadino. El trabajo ayuda a penetrar los textos y a apreciar más intensamente sus valores como piezas narrativas.

Liberatori, F.: *I tempi e le opere di Pedro Antonio de Alarcón,* Napoli, Instituto Universitario Orientale, 1981.

Se inicia este trabajo con un cuadro bio-bibliográfico centrado en el autor y su producción, tanto periodística como literaria. Para el estudio de la obra de Alarcón se recurre a la división en tres capítulos, que corresponden con tres etapas en la evolución vital e ideológica del guadijeño. No faltan comentarios actualizados de sus obras principales, incluidos los cuentos y *El capitán Veneno.*

Royo Latorre, M.ª D.: *El relato corto en Pedro Antonio de Alarcón,* Zaragoza, Universidad de Zaragoza, 1992. Edición en microfichas.

Este trabajo, tesis doctoral de la autora, insiste en la línea iniciada por Montesinos al contrastar la publicación de los cuentos de Alarcón en distintos medios y en diversas fechas. La comprobación de supresiones, adiciones y variantes de diverso signo resulta sorprendente y reveladora a la hora de comprender el proceso de creación y edición de la obra alarconiana.

Soria Ortega, A.: «Ensayo sobre Pedro Antonio de Alarcón y su estilo», en *Boletín de la Real Academia Española,* tomo XXXI, 1951, pp. 45-92; 461-500 y tomo XXXII, 1952, pp. 119-145.

Este trabajo, publicado en dos volúmenes distintos del *BRAE* se centra en el estudio de la obra narrativa de Alarcón. Aunque el análisis se concreta sobre todo en unas cuantas obras *(El Niño de la Bola, La Alpujarra, El carbonero alcalde),* se hace referencia a la mayor parte de la producción del autor granadino. Al final, una especie de resumen recoge las notas generales del estilo alarconiano.

2. PARA EL ESTUDIANTE

Alarcón, P. A. de: *El sombrero de tres picos. El capitán Veneno* (ed. de Jesús Rubio Jiménez), Madrid, Espasa Calpe (Col. Austral), 1999. Se trata de una edición escolar, aprovechable en las clases de secundaria. Incluye las dos novelas cortas que más popularidad aportaron a Alarcón. Los textos van precedidos de una introducción en la que, junto a la biografía del autor, se analiza su obra narrativa, en especial las dos piezas recogidas. Un apéndice final, que se abre con una cronología, ofrece algunos materiales complementarios y propone diversas actividades para realizar en un Taller de lectura.

—*El capitán Veneno* (ed. de Guillermo Ogilvie), Buenos Aires, Kapelusz, 1969.
Figura en esta edición una introducción muy trabajada sobre el autor y su obra, en la que se revisa tanto al poeta como al dramaturgo, al periodista y, sobre todo, al narrador. El texto se ofrece profusamente anotado, con abundantes comentarios de variantes textuales, así como explicaciones léxicas y eruditas. La obra se cierra con una serie de juicios críticos de distintos autores sobre la producción del narrador granadino.

—*La comendadora, El clavo y otros cuentos* (ed. de Laura de los Ríos), Madrid, Cátedra, 1998, 11ª.
La selección de Laura de los Ríos incluye, además de los títulos citados en portada, otros tres cuentos: *El extranjero, La mujer alta* y *El ángel de la muerte.* La edición de los textos, muy cuidada, va precedida de una enjundiosa introducción en la que se comenta la vida y la obra del autor, y se analizan de forma especial los cinco cuentos de la antología.

NUESTRA EDICIÓN

Para la presente edición hemos utilizado el texto de las *Obras Completas,* de Pedro Antonio de Alarcón, Madrid, Ediciones Fax, 1968, 3.ª ed. Únicamente hemos introducido algunas correcciones ortográficas a fin de ajustarnos a las actuales normas de la Real Academia Española.

Preparó esta edición

Tomás Rodríguez Sánchez nació en Cabeza del Caballo (Salamanca). Maestro, licenciado en Filología y doctor en Literatura Hispánica por la Universidad Complutense, se ha dedicado durante años a la enseñanza de la Lengua y la Literatura españolas. Autor de un buen número de trabajos relacionados con la educación y la literatura, ha pronunciado charlas y conferencias y ha dado a la imprenta libros de texto y ediciones didácticas de autores consagrados. Entre sus publicaciones destaca un *Catálogo de dramaturgos españoles del siglo* XIX. De su obra de creación cabe mencionar un volumen de poemas: *De la memoria ardida.*

Ha preparado la edición de una antología de cuentos de autores españoles contemporaneos, titulada *Jóvenes protagonistas* y publicada en esta misma colección (nº 32).

ESTE LIBRO SE TERMINÓ
DE IMPRIMIR EL DÍA
2 DE NOVIEMBRE DE 2005

El Romanticismo en la colección Castalia Prima

1 Cuentos

Edición de Kepa Osoro

190 pág.

P. A. Alarcón
La Comendadora

«Clarín
La rosa de oro
La conversión de Chiripa

J. M. de Pereda
Para ser un vun arriero

B. Pérez Galdós
El Don Juan
¿Dónde está mi cabeza?

J. Valera
La reina madre
El caballero del Azor

5 Poesía romántica

Edición de Rafael Balbín

202 pág.

La temática esencial de la poesía romántica surge de un impulso incontrolable del autor por exteriorizar su intimidad, en un alarde de exhibicionismo sentimental.

13 Cuentos andaluces

Edición de A. Gómez Yebra
214 pág.

Yosef ben Meir ben Zabarra
Jacob de Córdoba y el noble
Don Juan Manuel
Lo que sucedió a don Lorenzo...
Cuentos populares
El agua amarilla
La princesa encantada
La adivinanza del pastor
Fernán Caballero
Un quid pro quo
Pedro A. de Alarcón
El carbonero alcalde
Arturo Reyes
En el tren
José María Pemán
Las niñas
Juan Ramón Jiménez
El zaratán
J. Eslava Galán
La primera comunión
Julio Alfredo Egea
Las calles

17 G.A. Bécquer Leyendas

Edición de Gloria Hervás
168 pág.

Catedrales góticas, castillos, ruinas, caballeros, pajes, religiosos; duelos nocturnos, encuentros amorosos, apariciones de ultratumba son reconstruidos a través del milagro de una prosa poética en la que se reúnen emoción, misterio y belleza en un ambiente de maravilla lírica, similar al de los cuentos de hadas.

21 Antología Prima de la Poesía española

Edición de Manuel Camarero
274 pág.

Un panorama completo de la poesía española desde la aparición de las primeras muestras líricas en castellano, allá por los siglos XII-XIII hasta nuestros días (José Hierro, José Agustín Goytisolo, Claudio Rodríguez, Joan Manuel Serrat, Jon Juaristi, Joaquín Sabina, Luis G.ª Montero), con textos representativos de cada época, de cada género y, en definitiva, de cada autor seleccionado.

29 Horace Walpole El castillo de Otranto

Edición y traducción de Alejandro Valero
156 pág.

El principal personaje de *El castillo de Otranto* es el castillo mismo, omnipresente durante toda la obra. En él y en una iglesia cercana se desarrolla toda la intriga, protagonizada por el usurpador del principado, Manfredo, para que no se cumpla una profecía que vaticina que él será desposeído del castillo y su linaje castigado.